KB272559

닥터 아포칼립스

닥터 아포칼립스

닥터 아포칼립스

연상호 · 전건우

닥터 아포칼립스

WOWPOINT
PUBLISHING

차례

병원체

박홍수는 그날 죽을 때까지 퍼마실 계획이었다. 인천항에서 택시를 불러 바로 홍대까지 내달린 건 그런 이유 때문이었다. 몇 개월 만에 한국에 도착했다. 그동안 태평양을 돌며 참치를 잡았다. 중간에 육지를 안 밟은 건 아니지만 어딜 가나 싸구려 술뿐이었다. 일전에 러시아산 가짜 보드카를 마시고 눈이 먼 동료 이야기를 듣고는 그런 곳에서 아무 술이나 먹는 게 꺼려졌다. 뭐, 그래도 아예 안 마신 건 아니지만 어쨌든 홍수가 생각하는 '부어라 마셔라' 단계까진 가지 않았다. 그랬기에 항해가 끝나기만을 기다렸다. 주머니는 두둑했고 당분간 배 탈 일도 없으니까 이보다 좋을 수는 없었다. 그야말로 술 마시기에 최적인 날이었다.

"야! 다들 알지? 오늘은 코가 비뚤어지는 거다, 아주 그냥!"

"이 양반 완전히 신났네, 신났어. 크크."

단짝인 윤동호도 덩달아 신난 모습이었다. 마음에 걸리는 건 심봉석이었다. 덩치는 산만 한데 일머리가 없어 혼나기 바빴던 이 초보 뱃놈은 어제부터 영 상태가 안 좋았다. 콧물을 줄줄 흘리는 꼬락서니가 아무래도 감기에 걸린 것 같았다. 집에 가고 싶다는 봉석을 굳이 데려가는 건 다른 이유가 아닌 술값 때문이었다. 흥수는 동호와 이미 의견 일치를 봤다. 이 답답한 신입의 주머니를 털어버리자고.

"저는 그냥 내릴게요. 몸이 너무 안 좋아요."

봉석은 택시에 타서도 계속 툴툴거렸다. 쉴 새 없이 코를 풀면서. 그러고 보니 뺨이 불그스름한 것이 열도 나는 것 같았다. 그러거나 말거나 흥수는 봉석을 홍대 술집에 데려다 앉힐 속셈이었다.

"어허! 너 배 처음 탔잖아? 이럴 땐 무사히 돌아온 기념으로 뒤풀이를 꼭 해줘야 하는 거야. 그래야 부정을 안 타거든. 안 그래?"

"그럼, 그럼. 그리고 감기 정돈 술 한잔 거하게 마시고 나면 뚝 떨어질걸?"

홍수의 말을 동호가 기막히게 거들었다.

"그래도…… 너무 안 좋은데."

봉석은 더는 말할 힘도 없다는 듯 뒷좌석에 머리를 기댔다.

"좋아! 좀 자. 홍대까진 아직 남았으니까."

홍수가 조수석에서 뒤를 돌아보며 말했다. 그러고는 짓궂은 표정으로 동호와 눈을 마주쳤다. 그때 나이 지긋한 택시 기사가 물었다.

"홍대 쪽에 술 드실 데가 있습니까? 거긴 죄다 젊은이뿐이던데."

"있죠! 거기 홍대 중심가 말고……."

"어휴. 중심가 그쪽은 애들 취해서 막 무단횡단하고 차가 와도 아랑곳도 안 하고 좀비처럼 돌아다녀서 운전하기 무섭다니까요!"

"그렇죠. 그러니까 거기 말고, 예식장 있잖아요. 그 건너

편 쪽이 한적하고 우리 같은 아저씨가 놀기에도 잘 돼 있거든요. 삼계탕 유명한 그 가게 뒤쪽 골목에 어른을 위한 술집, 뭔지 아시죠? 크크. 그런 게 쫙 서 있다 이 말입니다."

택시 기사는 알겠다는 듯 미소를 지었다.

"근데 너 안다는 실장한테는 연락했어?"

뒷좌석에 앉아 있던 동호가 물었다.

"했지. 풀코스로 준비해주겠대."

홍수는 자신만만하게 대답했다.

세 사람을 태운 택시는 야심한 밤거리를 부드럽게 내달렸다. 이미 흥이 오른 홍수와 동호는 별거 아닌 말에도 쿡쿡 웃음을 쏟아냈고 택시 기사와도 가벼운 농담을 주고받았다. 봉석은 내처 잠만 잤다. 그르렁거리는 숨소리가 육식동물의 그것처럼 들린다고 생각했지만, 홍수는 이내 신경을 껐다. 어쨌든 오늘은 죽을 때까지 퍼마실 계획이었으니까.

무궁화 룸살롱은 고색창연한 이름처럼 연식이 제법 있는 가게였다. 그건 다른 말로 하자면 자고 일어나기 무섭

게 새 가게가 들어서는 홍대에서 오래 살아남았다는 뜻이
고, 그만큼 경쟁력이 있다는 뜻이기도 했다. 무궁화 룸살
롱의 장기 영업 비밀은 실장에게 있었다. 현 실장이라 불
리는 그는 단골 확보와 유지에 탁월한 감각을 지닌 사람
이었다. 틈나는 대로 메시지를 보내 룸살롱이 여전히 성
업 중이고 새로운 아가씨가 들어왔다는 걸 어필했는데,
그게 태평양에서 참치를 잡고 있던 홍수에게도 날아든 것
이었다.

　홍수 일행이 무궁화 룸살롱 앞에 도착한 건 새벽 2시였
다. 그야말로 룸살롱의 분위기가 후끈 달아오를 시간이었
고, 본격적으로 진하게 걸치기에 딱 좋은 시간이기도 했
다. 홍수와 동호는 봉석 양쪽에 서서 팔을 한 짝씩 끼고는
지하 룸살롱으로 내려갔다.

　"아이고, 박 사장님! 오랜만입니다."

　현 실장은 세 사람이 문을 열고 들어오자마자 한달음에
달려 나갔다. 그는 잘 알고 있었다. 바다에서 오래 있다
온 뱃놈은 술과 여자에게 환장한다는 것을. 그리고 입맛
이 무뎌져서 가짜 양주를 내와도 모른다는 것 역시 현 실
장은 훤히 꿰고 있었다.

"현 실장! 반가워. 준비됐지?"

홍수의 말에 현 실장은 절도 있는 동작으로 1번 룸을 가리켰다.

"그럼요. 가장 중요한 고객께 드리는 1번 룸으로 안내하겠습니다. 가시죠."

복도를 따라 쭉 이어진 다른 룸에서도 웃음과 노랫소리가 들려왔다. 그 소리에 홍수와 동호는 흥이 더 올랐다. 다만 홍수는 여전히 몸을 제대로 못 가누는 봉석의 상태가 슬슬 걱정되기도 했다. 이제 놈의 몸은 후끈거릴 정도로 뜨거웠다. 고개는 계속 밑으로 향했다.

"애 괜찮을까?"

동호도 비슷한 걱정을 했는지 그렇게 물었다. 홍수는 잠시 고민하다가 고개를 끄덕했다.

"술 몇 잔 마시면 정신 차리겠지. 여기서 버릴 수도 없잖아."

그렇게 두 사람은 봉석을 부축해서 1번 룸으로 들어갔다. 그곳엔 이미 화장을 진하게 한 여자 세 명이 대기 중이었다. 셋은 호들갑을 떨면서 홍수 일행을 맞이했다.

"어머, 오빠들 어서 와요!"

“빨리 앉아요.”

“일단 술부터 한 잔!”

여자 셋은 이미 오랫동안 합을 맞춰본 듯 기계처럼 딱딱 움직였다. 두 명이 홍수와 동호, 그리고 봉석을 자리에 앉히는 사이 나머지 한 명은 벌써 양주를 따르고 있었다. 실내는 어둑어둑했고, 천장에서는 화려한 조명이 돌아갔다.

홍수는 자기 파트너가 마음에 들었다. 처음부터 찰싹 달라붙어 적극적으로 말을 건네며 술을 권하는 게 좋았다. 동호도 싫지 않은 듯 헤벌쭉 웃고 있었다. 문제는…… 역시 봉석이었다. 저 둔한 놈은 제일 예쁜 여자가 옆에 앉았는데도 고개만 푹 숙이고 있었다. 문제는 코에서 콧물이 흘러내리는데도 닦을 생각을 안 한다는 거였다. 옆자리 여자는 이미 미간을 찌푸리고 있었다.

“오빠! 항해사라며? 배 타는 거야?”

옆에 앉은 여자가 팔짱을 끼며 물었다.

“그렇지. 나랑 저 친구는 벌써 8년 차, 그리고 막내 쟤는 1년 차.”

홍수는 자랑스럽게 대답했다. 뭣도 모르는 사람은 뱃놈이 다 똑같으리라 생각하지만, 항해사는 엄연히 전문직이었다. 쉽게 될 수도 없고 그만큼 연봉도 높았다. 요즘은 일반 선원이 대부분 외국인이라 관리하기가 어려워졌는데 그래도 항해사는 매력적인 직업이었다. 바다 생활을 오래 하는 게 지겹겠다고 말하는 이들도 있지만 가족도 없고 친구도 몇 없는 홍수에게는 별반 문제가 되지 않았다. 그는 몇 년만 더 배를 탄 후에 모은 돈으로 집 한 채를 지어서 유유자적 살 계획이었다.

"근데…… 이분은 여기가 아니라 병원에 가야 할 것 같은데?"

봉석 옆자리 여자가 결국 한마디를 했다. 그사이에도 봉석은 연신 기침하고 콧물 흘리고 그르렁거리기를 반복했다.

"아! 괜찮아. 감기 걸렸는데 좀 쉬게 놔둬."

동호 말에 여자는 꺼림칙한 표정으로 봉석을 힐끔 봤다. 그때 봉석이 격렬하게 기침을 쏟아냈다. 두툼한 상체가 널뛰듯 들썩였다. 룸 분위기는 일순간 싸해졌다. 이제는 홍수와 동호의 파트너까지 봉석을 보고 있었다.

"자자, 쟤 신경 쓰지 말고 이거 좀 봐."

홍수는 분위기를 바꿔보려고 핸드폰을 꺼내 들었다.

“뭔데요?”

다행히 홍수 파트너가 관심을 보였다.

“내가 진짜 신기한 걸 찍었거든…….”

홍수는 핸드폰 사진첩을 열고는 테이블 위에 올려놓았다. 봉석을 빼고 다들 모여들어 사진을 들여다보기 시작했다.

“이 사진이 뭐가 신기하다는 거야?”

동호의 파트너가 핸드폰 속 사진을 가리키며 물었다. 거기엔 드넓은 평원에 선 동호와 봉석의 모습이 찍혀 있었다.

“여기가 어딘가 하면…… 바로 시베리아야!”

홍수가 회심의 미소를 지으며 말했다.

시베리아 땅을 밟은 건 2년 만이었다. 그때, 그러니까 2년 전에는 영구동토라는 말 그대로 온통 얼음 벌판이었다. 입김이 얼어붙을 정도로 추웠고 장갑 없이는 손을 밖으로 꺼내놓을 수도 없었다. 꽝꽝 언 땅은 태곳적 비밀을 그대로 간직한 채 영원히 그 상태일 것만 같았다. 그랬는데 2년이 지난 후 다시 간 시베리아 땅에는 얼음이 거의 남아 있지 않았다. 흙으로 된 시뻘건 맨땅이 모습을 드러낸 걸 보고 홍수는 깜짝 놀랐다. 거의 춥지도 않았다. 곳곳에 물웅덩이가 있었고 심지어 풀이 올라오기도 했다. 급변한 모습은 신기했지만 한편으로는 섬뜩하기도 했다. 홍수가 호들갑을 떨며 두 사람을 세워놓고 사진을 찍은 건 그런 이유 때문이었다. 시베리아 얼음이 녹았다고 말로만 했다가는 아무도 안 믿어줄 것 같아서. 문제는……1번 룸의 여자 세 명은 시베리아에 얼음이 있건 없건 그다지 신경 쓰지 않는다는 데 있었다.

"시베리아? 그런데 뭐?"

자기 파트너가 되묻자 홍수는 순간 움찔했다. 어디서부터 설명해야 하나 고민되는 순간이었다.

"음…… 그러니까, 여긴 얼음이 절대 녹을 리 없는 곳이거든. 원래 여긴 다 얼음밭이었어."

"근데 왜 녹아?"

"지구온난화 때문이지."

듣고 있던 동호가 말했다. 홍수는 여자들의 표정이 심드렁해지는 걸 놓치지 않았다. 봉석의 파트너가 중얼거렸다.

"그게 뭐가 신기해……."

"자자, 그럼 내가 웃긴 사진 보여줄게. 봐봐."

홍수는 화제를 돌리려고 재빨리 다음 사진으로 넘겼다.
그 사진에는 봉석이 웅덩이 한가운데 얼굴을 처박고 있었
다. 하늘을 향해 쳐든 봉석의 질펀한 엉덩이가 웃음 포인
트였다.

"이 오빠 왜 이러고 있어?"

불길하게도, 이 사진 역시 별다른 반응이 없었다. 자기
파트너가 그렇게 묻는 걸 들으며 홍수는 간단하게 설명을
덧붙였다.

"내가 장난친다고 발을 걸었거든. 근데 저 곰 같은 놈이
벌러덩 뒹굴면서 웅덩이에 처박힌 거야! 크크."

크크.

홍수의 웃음만 공허하게 울려 퍼졌다.

"그렇구나."

파트너는 자기 혼자 팔짱을 끼며 대충 고개를 끄덕였
다. 홍수는 얼른 마지막 사진을 보여줬다.

"봐. 그래서 이 꼴이 된 거야."

그 사진은 정말 웃겼다. 웅덩이에 처박혀 있다가 일어
난 봉석의 얼굴에는 점액질의 무언가가 잔뜩 묻어 있었
다. 마치 해파리를 뒤집어쓴 것 같다고, 동호와 한참을 웃

었던 기억이 났다. 하지만…….

"어휴! 뭐야? 너무 징그럽잖아!"

"이래서 이 오빠 계속 콧물 흘리는 거 아냐?"

"비위 상해!"

반응은 최악이었다.

"이, 이러지 말고 노래나 한 곡 할까?"

동호도 안 되겠다고 느꼈는지 급히 나섰다. 동호는 노래를 꽤 잘했고 분위기를 바꿀 수도 있을 것 같았다. 홍수는 바로 거들었다.

"노래 좋지! 저 친구가 가수거든! 크크."

그때였다.

"크아아!"

괴성을 내지르며 봉석이 벌떡 일어났다.

"엄마야!"

봉석의 파트너가 놀라서 앉은 채로 풀쩍 뛰어올랐다.

"야! 왜, 왜 그래?"

홍수는 그렇게 물으며 봉석을 살폈다. 외국인 선원한테도 화 한 번 제대로 못 내던 순둥이가 어쩐 일인지 얼굴을 잔뜩 찡그리고 있었다. 그것만이 아니었다. 예열이라도 하는 듯 쌕쌕 거친 숨을 내뱉었고, 이를 모조리 드러낸 채 더욱 세차게 그르렁거렸다. 가장 이상하면서도 섬뜩한 건 봉석의 눈이었다. 눈동자에 반투명 막을 씌우기라도 한 것처럼 허옇게 변해 있었다.

"집에 가고 싶어서 그래? 일단 진정 좀 하고……."

동호가 그렇게 말하며 봉석에게 다가갔다. 봉석은 자기 어깨에 손을 올리는 동호를 물끄러미 봤다. 그러다가 고개를 갸웃했다. 거대한 고양잇과 동물이 먹잇감을 앞에 두고 그러듯이.

"크아아!"

봉석은 포효했다. 그리고 다음 순간, 동호의 목덜미를 물어뜯었다. 절대로 놓치지 않겠다는 듯 양손으로 동호를 꽉 붙잡은 채.

"으악!"

동호가 고통에 찬 끔찍한 비명을 내지를 때까지도 다른 사람들은 정확히 무슨 일이 벌어진 건지 알지 못했다. 멍하니 앉아서 바라만 봤다. 누군가의 잔에서 얼음이 녹아 서로 부딪치는 딸깍, 하는 소리가 들렸다. 조명은 저 혼자 철없이 명랑하게 돌아갔다. 동호의 파트너인 여자 입가로 가짜 양주 한 줄기가 흘러내려 바닥에 떨어졌다. 그 모든 게 단 몇 초 안에 벌어진 일이었다. 홍수는 동호의 목을 다부지게 문 봉석의 턱 근육이 씰룩거리는 것을 보며 이렇게 생각했다.

이가 튼튼한가 봐…….

룸 안의 사람들이 정신을 차린 건 봉석이 고개를 치켜든 후였다. 동호의 목살이 찢어지는 기분 나쁜 소리가 울려 퍼졌고, 봉석은 그 결과물을 우물우물 씹고 있었다.

"꺄아!"

홍수 옆에 있던 여자가 비명을 질렀다. 그게 신호였다. 멈춰 있던 시간이 흐르기 시작했다.

"아악!"

"으악!"

"크아!"

네 개의 서로 다른 비명은 절묘한 하모니를 이루며 1번 룸에 울려 퍼졌다. 그 소리는 복도까지 새어 나갔다.

현 실장은 지금껏 다양한 비명을 들어봤다. 고통에 찬 비명도, 놀라서 내지르는 비명도, 너무 흥분해서 터져 나오는 비명도. 그랬기에 비명의 높낮이나 미세한 떨림에 따라 상대가 어떤 상태인지 능히 짐작할 수 있었다.

1번 룸에서 네 명의 비명이 동시에 들렸을 때, 현 실장은 고개를 갸우뚱했다. 도무지 어떤 비명인지 가늠할 수가 없었다. 대체로 놀란 것 같은데 그 정도가 지나쳤다. 룸살롱에서 뭘 봐야 이 정도로 놀라서 비명을 내지를지 상상도 가지 않았다. 현 실장이 팀장이라 부르고 사실상 기도, 즉 해결사로 쓰는 이 팀장을 데리고 1번 룸으로 향한 건 그런 이유 때문이었다. 도무지 알 수가 없어서. 그리고 혹시나 해서.

비명의 꼬리가 길게 이어지던 순간에 현 실장은 1번 룸의 문을 힘껏 열었다. 제일 먼저 눈에 들어온 건 소파 위에 올라가 있는 사람들이었다. 그다음은 바닥에 낭자한 피. 마지막은 여자를 덮친 채 엎드려 있는 덩치 큰 남자였다. 현 실장의 기억으로는 룸에 들어가기 전부터 상태가 안 좋아 보이던 그 새끼였다. 순간 머릿속으로 빠르게 그림이 그려졌다. 술 몇 잔에 떡이 된 덩치가 술병이나 잔으로 누군가를 공격했고, 지금은 미친 듯이 덮치려 한다. 그렇다면 답은 간단했다. 정신 잃은 놈을 정신이 들 때까지

패면 되니까.

"아…… 왜 이러실까? 이봐요. 일어나요!"

현 실장은 덩치의 어깨를 잡고 당기려 했다. 그제야 봤다. 테이블 밑에도 한 남자가 쓰러져 있는 걸. 굽기 시작한 오징어처럼 다리를 파르르 떠는 남자는 피바다 한가운데 누워 있었다. 손으로는 목을 감싼 상태였는데 손가락 사이로 검붉은 피가 새어 나오는 걸 봐서는 상처가 큰 듯했다. 그걸 본 현 실장은 움찔했다. 덩치가 흉기라도 가지고 있는 게 아닌가 싶어서. 그때 박 사장이라고 추켜세워 준 남자가 새된 소리로 외쳤다.

"빨리 떼내! 저, 저거 지금 물고 있는 거야!"

"뭐요?"

황당한 말에 현 실장은 다시 덩치 쪽을 봤다. 그 순간이었다. 여자를 덮치고 있던 남자가 아무런 예비 동작 없이 쓱 일어난 건.

"시, 실장님!"

이 팀장이 더듬거리며 덩치를 가리켰다. 나도 봤다고 말하고 싶었지만…… 현 실장의 입은 떨어지지 않았다. 반대로 덩치는 입을 야무지게 놀리는 중이었다. 뭔가를 계속 씹었고 그때마다 턱 근육이 실하게 움직였다. 입가에 잔뜩 묻은 붉은 액체는 언뜻 소스처럼도 보였다. 아니, 소스였으면 했다. 케첩이거나. 물론 그게 피라는 건 현 실장도 이미 알고 있었다. 다만 어떻게 대처해야 할지 그 방법이 떠오르지 않았다. 파트너를 물어뜯는 진상은 처음이었으니까.

"봉석이, 저 새끼 어떻게 좀 해!"

박 사장이 다시 소리쳤다.

"뭐 하는 거야?"

먼저 정신을 차린 쪽은 이 팀장이었다. 그는 기세 좋게 물은 뒤 덩치의 팔을 잡아당겼다. 아마 꺾으려 했던 것 같은데 이 팀장의 계획은 처참히 무너졌다. 덩치가 입을 쩍 벌린 채로 달려들었기 때문이었다.

"개새끼가!"

그제야 현실로 돌아온 현 실장은 뒤에서 덩치의 목을 감고 조르기 시작했다. 덩치는 룸이 떠나가라 포효하면서 계속 버둥거렸다. 힘이 어마어마했다.

"어떻게 해요?"

이 팀장이 어벙한 표정으로 물었다. 현 실장은 짜증이

치미는 걸 느끼며 외쳤다.

"패! 패라고!"

현 실장과 이 팀장이 봉석을 상대하는 사이, 홍수는 쓰러진 동호에게 다가갔다.

"이봐! 괜찮아?"

괜찮을 리 없다는 걸 알면서도 일단 그렇게 물었다. 예상대로 동호는 이미 숨이 넘어간 것 같았다. 방금만 해도 다리를 떨긴 했는데 이젠 미동도 없고 치뜬 눈은 허옇게 변해갔다. 뜯겨 나간 목의 상처에서는 피가 계속 흘러나왔다.

"빨리 신고해요!"

여자가 외치는 소리에 홍수는 고개를 돌렸다. 자기 파트너였던 여자가 봉석에게 공격당한 여자를 끌어안고 있었다. 그 여자 역시 가망이 없어 보였다. 턱 바로 밑에서 목 가운데까지 물어뜯겼다. 여자는 간헐적으로 꿈틀대긴 했지만 그렇다고 되살아날 리는 없었다.

"씨발. 이게 뭐야……."

맥이 턱 빠진 홍수가 자기도 모르게 혼잣말을 중얼거렸을 때였다.

동호가 벌떡 일어나 앉았다.

"어! 저기 봐요!"

동호의 파트너였던 여자가 소리쳤다. 홍수는 바로 옆을 쳐다봤다. 동호는 눈을 뜬 채였는데, 그 눈이 봉석의 그것처럼 허연 막을 뒤집어쓰고 있었다. 그게 마음에 걸린다고 생각한 순간, 동호가 상체를 부르르 떨더니 피를 토해냈다. 테이블을 뒤덮을 정도로 엄청난 양이었다. 홍수는 아무 말도 못 하고 보고만 있다가 슬그머니 일어났다. 본능이 경고를 보냈다. 위험하다고. 어서 도망치라고.

"거, 거기도 다 나가!"

홍수는 여자들을 향해 외친 후 재빨리 돌아섰다. 테이블을 빙 돌아서 룸을 빠져나갈 생각이었다. 오른쪽 종아리에 끔찍한 통증이 날아든 건 바로 그 찰나였다, 걸음을 막 떼려던 순간.

"악!"

비명과 함께 뒤를 돌아보니 동호가 홍수의 종아리에 자기 이를 박아 넣고 있었다. 게걸스럽게 피가 섞인 침을 줄줄 흘리면서. 홍수는 쓰러지기 직전 소파에 널브러져 있던 여자 역시 벌떡 일어나는 걸 봤다. 그 여자도 똑같이 포효했다. 봉석과 마찬가지로.

"크아아!"

덩치의 힘은 대단했다. 현 실장이 아무리 목을 죄어도, 이 팀장이 계속 주먹을 휘둘러도 덩치는 꿈쩍도 하지 않고 복도까지 나갔다. 현 실장을 뒤에 달고서. 소란이 계속되자 다른 룸에서도 사람들이 하나둘 얼굴을 내밀었다. 그들은 싸움 구경에 푹 빠져 있었다.

"빨리 들어가요! 문 닫아!"

현 실장이 애타게 외쳤지만 아무도 듣지 않았다. 그사이 덩치는 이 팀장의 주먹을 낚아챘다.

"어? 어, 어!"

이 팀장은 허둥대며 주먹을 빼려 했지만 소용없었다. 덩치의 힘이 훨씬 셌고, 그리고 더 빨랐다. 덩치는 이 팀장의 손을 순식간에 베어 물었다. 그러면서 상체를 홱 틀었다. 현 실장은 더 버티지 못하고 바닥에 굴렀다.

신고, 아니…… 도망가야 해!

그 생각이 머릿속을 스친 순간, 현 실장은 단번에 일어나 출입구로 달렸다. 그때였다. 뭔가가 뒤에서 뛰어왔다.

다다다!

맨발이 바닥을 밟는 소리가 성큼성큼 가까워진다 싶더니 진한 향수 냄새와 피 냄새가 동시에 훅 날아들었다. 그리고…….

"아!"

현 실장이 미처 돌아보기도 전에 여자가 등에 매달렸다. 훌쩍 뛰어올라서. 그러고는 목뒤를 물었다. 문이 바로 앞이었다. 현 실장은 여자를 떼어내려 하면서 동시에 문을 향해 손을 뻗었다. 닿지 못했다. 또 다른 누군가가 달려들어 앞으로 내민 현 실장의 팔을 물었다. 그는 고통에 몸부림치면서도 한편으로는 배가 고프다고 생각했다. 뭔가를 먹고 싶었다. 그것도 아주 싱싱한 무언가를. 고기, 살아 있는 고기…… 그걸 먹고 싶었다.

그게 현 실장이 변하기 전 마지막으로 한 생각이었다.

발현

강서희는 아침 햇살이 맺혀 눈부시게 반짝이는 한강을 내려다보고 있었다. 20층에서 아래를 보면 사실 모든 게 다 예쁘고 아름다웠다. 높이라는 물리적 필터에 걸러진 세상은 앱으로 촬영한 셀카 같았다. 모난 구석도 없고 흠집도 보이지 않는 부드럽고 깔끔한 얼굴. 처음 이곳에 왔을 때 그 얘기를 했더니 당시엔 아직 남편이었던 남자가 말했다.

"그래서 부자들 마음이 더 너그럽다잖아."

맞는 말이구나, 싶었다. 물론 지금은 아니었다. 벌써 30분째 이어진 국장과의 통화에서 너그러움과 인내심은 슬슬 바닥을 드러내고 있었다. 게다가 수지는 아직도 방에서 나올 생각을 안 했다.

"그래, 탐사보도 다 좋다 이거야. 그런데 그걸 강 앵커가 직접 할 필요는 없잖아. 안 그래? 원래 기자 출신이어서 몸이 근질근질한 건 알겠는데, 이번엔 너무 위험해."

국장은 줏대도 없고 강단도 없었다. 뭐든 책임을 지지 않으려고 애쓰는 모습이 공무원 같아 보일 때가 있었다. 하긴 그런 물렁물렁한 점 때문에 일찍 국장이 된 걸지도 모르지만. 서희는 한숨이 나오려는 걸 간신히 참으며 말했다.

"그럼요, 알죠. 근데 위험하니까 더 가치 있잖아요. 시청자가 원하는 것도 위험한 걸 생생하게 보여주는 뉴스라고요. 맞잖아요? 인간은 위험에 끌리게 돼 있다. 이거 국장님이 한 말이에요. 이번 인터뷰만 성공하면 MZ 조폭의 세계에 대해 더 알 수 있어요. 이런 거…… 제가 제일 잘한단 사실, 국장님도 아시잖아요?"

"알지! 아는데…… 영 찜찜해서 말이야. 자칫 잘못하면 우리가 그놈들, 이름이 뭐였지?"

"뉴마포파요."

"맞다. 뉴마포파. 작명 센스하고는. 아무튼, 우리가 그쪽 입장과 논리를 대변해준다는 오해를 살까 봐 나는 그게 걱정이지."

하아.

서희는 속으로만 한숨을 삼켰다. 도돌이표 같은 대화였다. 무슨 말을 해도 국장은 걱정된다는 이야기뿐이었다.

조폭, 조직폭력배라는 단어 자체가 낡은 느낌이 들고 영화 등의 매체에서 워낙에 희화화해서 촌스럽고 우스꽝스럽게 여겨지는 면이 있지만 그들이 사라진 건 아니었다. 오히려 변모하는 시대상에 발맞춰 가장 최첨단 사업으로 불법을 일삼는 게 요즘 조폭이었다. 과거처럼 상인에게 돈을 뜯어내거나 주류 유통, 혹은 마약 등을 팔면서 돈 버는 시대는 이미 끝났다. 이십대가 주를 이루는 MZ 조폭은 이미 인터넷 도박, 암호화폐 사기, 나아가 대출 사기 등으로 돈을 쓸어 담고 있다. 이들의 내밀한 속내를 보여주고 싶어서 어렵사리 뉴마포파의 보스인 '야차'를 섭외하는 데 성공했다. 오늘이 바로 인터뷰 날인데 국장은 계속 걱정 타령 중이었다.

"국장님! 확실히 할게요. 그럴 염려는 절대 없어요. 얼굴은 모자이크 처리 하고 가명으로 인터뷰 나갈 거고, 제가 주도권을 쥔 채로 질문할 거예요. 시청자들에게 알려야죠! 요즘 조폭이 얼마나 교묘하게 일을 하고 또 우리 일상 가까이에서 활동하는지. 저 못 믿어요? 강서희예요, 강서희! 8시 뉴스 메인 앵커! 밑에 윤형 피디도 이미 와 있으니까 아무튼 예정대로 해보겠습니다. 콜?"

국장은 마지막까지도 잠시 고민하더니 결국 졌다는 듯 한마디를 했다.

"알았어."

"좋아요! 인터뷰 끝나고 연락드릴게요."

전화를 끊은 서희는 참고 참았던 짜증을 한껏 담아 소리쳤다.

"조수지! 늦었어. 빨리 나와!"

"알았어, 알았어."

수지는 얼굴을 잔뜩 찌푸린 채 가방을 질질 끌며 거실로 나왔다. 분명히 단정하게 입으라고 했는데 헐렁한 반소매 티셔츠에 무릎이 찢어지다 못해 안이 훤히 들여다보일 것만 같은 청바지를 입고 있었다.

참자…… 참자.

서희는 눈을 질끈 감고 속으로 되뇌었다.

"너무 일찍 가면 안 돼."

수지가 말했다.

"왜? 시작 전에 도착해야지."

서희의 말에 수지는 피식, 하는 웃음으로 답했다. 그러고는 혼잣말처럼 중얼거렸다.

"그런 데 일찍 가는 건 찐따뿐이니까."

"쓸데없는 소리 하지 말고 빨리 가방 메!"

서희는 결국 다시 목소리를 높이고 말았다. 그는 이 아파트가 방음이 잘 된다는 사실에 감사했다. 그러지 않았다면 벌써 항의가 줄을 이었을 테니까. 사춘기 딸을 키운다고 하면 정상참작이 될지도 모른다고, 서희는 생각했다. 중학교 2학년 딸을 키우면서 소리를 지르지 않는 건 시체나 가능한 일이었다. 그러니까, 죽어야 평화에 이른다는 뜻이었다.

마포소방서 서교119안전센터 2팀이 출동한 건 오전 8시 30분이었다. 서교동의 한 빌라에서 남성이 흉기를 휘둘렀고 이 사고로 여성이 복부에 자상을 입었다는 게 출동을 요청한 경찰의 설명이었다.

2팀 소속 최우진 소방장과 차미라 소방사는 구급차로 현장에 도착했다. 그때가 8시 40분이었다. 가해자인 남편은 이미 체포가 되었고 칼에 찔린 여성은 경찰의 응급조치로 지혈을 한 상황이었다. 피가 흐르는 건 막았지만 피해자의 상태는 좋지 않았다. 혈압과 맥박이 떨어졌고 의식을 회복하지 못했다. 긴급 수술이 필요한 상황에서 최우진은 '홍대푸른병원'으로 가겠다고 결정했다. 지난주에 처음으로 마포소방서에 온 차미라는 병원 이름을 듣고 고개를 갸우뚱했다.

"거기 수술이 가능합니까?"

차미라의 물음에 운전대를 잡은 최우진은 그럴 줄 알았다는 듯 바로 대답했다.

"그럼. 거기도 오래돼서 그렇지 엄연히 종합병원이야."

정확히 8시 55분이 되었을 때 여성을 실은 구급차가 홍대푸른병원 응급실 앞에 도착했다. 차미라는 뒷문을 열고 여성이 누운 들것을 밀었다. 밖으로 나온 최우진이 그걸 받아 들었다. 두 사람은 들것을 밀고 응급실 안으로 달려 들어갔다.

"서교에서 왔습니다!"

최우진이 응급실로 들어서며 외치자 미리 대기 중이던 의사와 간호사가 빠르게 다가왔다. 간호사 둘은 능숙한 몸놀림으로 여성의 맥박과 혈압, 그리고 안구 반응을 확인했다. 문제는 의사였다. 차미라가 보기에 일흔이 훌쩍 넘었을 것 같은 늙은 의사는 너무나 태평했다. 여성의 복부 자상을 힐끔 보는 것 말고는 다른 행동이 없었다. 애가 탄 차미라는 상사에게 물었다.

"왜 아무것도 안 할까요?"

"기다려봐. 아직 진짜가 나타나지 않았거든."

최우진은 간호사가 건네준 인계 서류에 사인하며 태연히 말했다. 차미라는 슬슬 짜증이 치밀었다. 허술하기 짝이 없는 이 병원의 가장 큰 문제점은 낡을 대로 낡은 시설이 아니라 무능한 의료진일지도 모른다. 물론 구급대원의 임무는 환자를 이송하는 데에서 끝난다. 하지만 기껏 살려서 데려온 환자를 병원에서 죽게 만든다면, 그건 그냥 넘어갈 수 없는 일이었다. 차미라가 그런 생각으로 한껏 흥분하고 있을 때였다. 새로운 간호사 한 명이 달려와 말했다.

"닥터 김이 오고 있습니다."

차미라는 그 말을 들은 다른 의료진의 얼굴에 안도의 빛이 감도는 걸 놓치지 않았다. 잠시 후, 응급실 안으로 키 크고 마른 남자가 성큼성큼 들어왔다. 부드러운 인상의 남자는 긴장한 표정도 아니었고, 그렇다고 마음을 놓고 있는 것 같지도 않았다. 의외로 장난스레 느껴지는 구석이 있었는데 그건 바로 남자가 입에 문 막대사탕 때문이었다. 게다가 아마 닥터 김일 게 틀림없는 남자의 흰색 가운에는 온갖 낙서가 가득했다.

"저 사람이 여기 에이스야. 이름은 김수혁."

최우진이 턱짓으로 닥터 김을 가리키며 말했다. 그 사이 수혁은 환자 쪽으로 다가와 간호사에게 물었다.

"환자 상태는요?"

"바이탈이 모두 떨어진 상태입니다. 상처에서 출혈이 다시 시작됐고."

수혁은 최우진을 보며 말했다.

"오늘도 고생하셨네요. 환자는 꼭 살리겠습니다."

"네. 술에 취한 남편이 저분을 찔렀어요. 평소에도 폭행을 당해왔던 것 같은데……."

"그런 개새끼 손에 죽게 할 순 없죠. 걱정하지 마시고

가보세요."

"알겠습니다. 그러면 수고하세요."

최우진은 웃으며 돌아섰고, 멍하니 둘의 대화를 듣고 있던 차미라는 허둥지둥 그 뒤를 따랐다.

"자, 빨리 설명해줘. 어떻게 할까?"

구급대원 두 명이 나가자마자 늙수그레한 의사가 물었다. 그의 흰색 가운에는 남정남이라고 적힌 이름표가 붙어 있었다. 정남을 힐끗 본 수혁이 주머니에서 사인펜을 꺼내 환자에게 다가갔다. 여성 환자는 왼쪽 옆구리 쪽에 자상을 입은 상태였다. 그 상처를 살핀 수혁이 정남에게 말했다.

"다행히 자상이 그리 깊지는 않아요. 봉합까지 한 시간이면 충분할 거예요. 그보다 제가 걱정하는 건 이쪽이에요."

수혁은 환자의 코를 가리켰다. 거기엔 코피를 흘린 흔적이 남아 있었다.

"코피?"

정남이 미간을 찌푸리며 말했다.

"네. 칼에 찔린 것과는 무관하게 코피를 흘렸다는 건 얼굴이나 뇌에도 충격을 받았을 수 있단 뜻이죠. 특히 안면에 멍 자국이 없는 걸 봐서는 뒤로 넘어지면서 머리를 다쳤을 가능성이 커요. 그러니 뇌 CT를 찍어보는 게 좋겠어요."

"알겠네. 다른 건?"

정남이 묻자 수혁은 슬쩍 다가가 귓속말을 속삭였다.

"봉합할 때 거즈 빼는 거 잊지 마세요."

"알겠다고! 한 번 실수한 걸 가지고 언제까지 우려먹을 거야?"

발끈하는 정남을 보며 수혁이 말했다. 사탕 문 입으로 미소를 지어 보이면서.

"그러면 전 다시 사랑스러운 노인들과 함께하러 가겠습니다."

수혁은 그 말을 끝으로 응급실에서 나갔다. 여유로운 척했지만 언제나 그러듯 등허리가 흠뻑 젖을 정도로 긴장했다. 가운의 넉넉한 주머니는 속절없이 떨리는 두 손을 숨기기에 딱 좋았다. 수술은 남정남 원장이 알아서 잘할 것이다. 나이가 들었다고는 하지만 솜씨가 워낙 좋으니. 오늘은 더 이상 응급실로 향할 일이 없길 빌며 수혁은 자기의 보금자리인 '뇌신경과' 진료실로 향했다.

하 사장은 옆구리에 '슈퍼 클린'이라고 써 붙인 파란색 다마스를 무궁화 룸살롱 앞에 댔다. 그때가 오전 9시 20분이었다. 옆자리 김 군은 차가 멈추자 기다렸다는 듯 하품과 함께 눈을 떴다.

"벌써 다 왔어요?"

김 군은 어리바리한 표정으로 물었다. 착하고, 순하고, 말 잘 듣고, 성실한 것까지 다 좋은데 하 사장이 보기에 김 군은 지나치게 답답했다. 융통성이라고는 개미 눈곱만큼도 없었고, 시키는 일 외에는 알아서 할 줄을 몰랐다. 요즘 세상에 말이라도 잘 듣는 알바생이 어디냐 싶어서 데리고는 있지만 가끔 속에 천불이 날 때가 있었다. 지금이 딱 그랬다.

"그거 물을 시간에 빨리 내려서 청소 도구부터 꺼내. 알잖아? 오늘 바쁜 거."

하 사장은 최대한 부드럽게 말했다. 그런데도 김 군은 후딱 내리지 않고 정면으로 시선을 던지고 있었다.

참아야 한다.

참아야…….

마법의 주문처럼 속으로 그 말을 되뇌고 있을 때 김 군이 앞을 가리키며 이야기했다.

"사장님. 저거 좀 이상하지 않아요? 왜 아직 벌떡 서 있는 거지?"

"뭐가 문젠데?"

하 사장은 겨우겨우 짜증을 삼키며 김 군이 가리킨 곳을 따라 시선을 돌렸다. 그제야 하 사장도 발견했다. '짜릿한 경험! 무궁화 룸살롱'이라 적힌 노란색 에어 간판이 아침 햇살을 받으며 빳빳하게 서 있었다. 당연한 말이지만, 영업이 끝난 지금 시간에는 저게 늙은이 고추처럼 축 늘어져 있어야 했다.

"깜박한 걸까요?"

김 군이 물었다.

"그랬겠지. 어서 내려!"

스위치 끄는 걸 깜박하고 퇴근한 게 틀림없었다. 그 정도는 딱히 이상한 일도 아니었다. 하 사장은 김 군이 내리는 걸 보고는 운전석 문을 열었다. 7월 말이 되자 아침부터 기온이 확 올라갔다. 더위를 많이 타는 하 사장으로서는 앞으로 몇 달을 버텨야 한다는 사실이 절망적으로 느껴졌다. 그나마 실내 청소가 대부분이라 다행이긴 했다.

슈퍼 클린의 주요 고객은 홍대와 연남동 쪽 유흥업소였다. 새벽까지 영업하는 그런 곳들은 대체로 지저분하기 짝이 없었고, 다음 개시 전까지 그걸 싹 다 치우는 게 하 사장의 일이었다. 무궁화 룸살롱은 오랜 단골로 지금껏 별다른 말썽 없이 청소를 했고 돈을 받았다.

"아무래도 이상한데요……."

김 군은 청소 도구를 챙기면서도 또 그런 소리를 했다. 하 사장은 뒷덜미에 뜨끈한 햇살이 내려앉는 걸 느끼며 마지막 인내심을 짜냈다.

"뭐가?"

"저 차도 그대로 있잖아요."

김 군은 그 말과 함께 턱짓으로 무궁화 룸살롱 입구 옆에 선 빨간색 스포츠카를 가리켰다. 그 차는 현 실장 거였다. 뚜껑까지 열린다며 자랑하던 걸 일전에 들었다.

"흠. 한잔 걸치고 택시 탔나 보지."

이상하긴 했지만 그렇게 생각하니 이해 못 할 것도 없었다. 물론 현 실장이 저 차를 애지중지해서 이런 도로에 무방비로 한나절씩 세워놓지는 않을 거라는 것도 알았지만, 어쨌든 예외란 있는 법이니까.

하 사장은 애송이 알바생이 더는 군소리 못 하게 청소 도구를 들고 지하 무궁화 룸살롱으로 내려갔다. 당연하지만 문은 도어록으로 잠겨 있었다. 하 사장은 비밀번호를 알았다. 그리 복잡하지 않은 여섯 자리 숫자를 누르는 동안에도 김 군은 계속 구시렁거렸다.

"아닌데. 이상한데……."

비밀번호를 입력한 다음 마지막 '별'을 누르자 잠금이 해제됐다. 하 사장이 문을 열려 할 때였다. 김 군이 하 사장 손을 꽉 잡았다. 표정은 진지하기 짝이 없었다.

"또 왜?"

하 사장의 목소리는 자연스레 커졌다. 이놈이 오늘따라 왜 이러는지 알 수가 없었다.

"안에서 이상한 소리 들리지 않아요?"

"소리? 뭔 소리?"

그렇게 물으면서도 하 사장은 일단 문에 귀를 대보긴 했다. 확실히 소리는 들렸다. 벌떼가 날갯짓하는 소리 같기도 했고, 고장 난 트럭이 툴툴거리는 소리 같기도 했다.

아무튼 거슬리는 건 분명했다. 그렇다고 이대로 돌아갈 순 없었다. 현 실장에게 전화해보는 것도 방법이었지만 지금쯤 곤히 잠들어 있을 그를 깨우고 싶지는 않았다.

"후딱 해치우자."

하 사장은 김 군에게, 그리고 자신에게 그렇게 말한 후 문을 열었다. 어두컴컴하리라 예상했던 룸살롱 내부는 환했다. 조명이 다 켜져 있었다. 그리고…….

"사람이 있는데요?"

김 군의 말처럼 여러 사람이 좁은 복도를 꽉 메우고 있었다. 하 사장은 눈을 끔벅끔벅했다. 자기가 보고 있는 게 꿈인지 현실인지 좀처럼 감이 오지 않았다. 서성이는 사람들 모두 어딘가 불편해 보였고 행동도 이상했다. 밤새 퍼마시고 비틀거리는 거라면 이해가 안 되는 것도 아닌데 문제는 다들 어딘가 아파 보인다는 데 있었다.

"저, 저기…….."

하 사장이 사람들을 향해 목소리를 높인 것과 김 군이 뒤집어진 목소리로 외친 건 거의 동시였다.

"피! 사장님, 저기 피!"

피라고?

그러고 보니 바닥이 검붉은 것도 같았다. 원래 적갈색 카펫이라 확실하진 않지만 아무튼 전에 비해 짙어 보이는 건 사실이었다. 그것보다 더 분명하게 눈에 들어온 건 사람들 옷이 얼룩덜룩하다는 점이었다. 게다가…… 다들 커다란 상처를 하나 이상 달고 있었다.

"아…… 어?"

하 사장이 뒤늦게 그 사실을 알아채고 움찔했을 때는 이미 사람들이, 그러니까 죽어도 하등 이상할 게 없는 상태의 그것들이 문을 향해 달려오고 있었다.

"도망쳐요!"

김 군이 소리쳤고, 하 사장도 뒤로 물러서며 문을 닫으려 했지만 한발 늦었다. 배불뚝이 남자가 번개처럼 몸을 날려 닫히는 문 사이로 끼어들었다. 그러고는 하 사장의 팔을 움켜쥐었다.

"악!"

하 사장은 자기도 모르게 비명을 질렀다. 남자의 힘은 어마어마했다. 김 군에게 도와달라고 외치고 싶었지만 그럴 새가 없었다. 미처 말을 꺼내기도 전에 남자의 다른 손이 하 사장의 얼굴을 감쌌고 그대로 잡아당겼다. 그런 뒤에는 야들야들한 목덜미에 이를 박아 넣었다. 이번에는 비명도 못 질렀다. 너무 충격이 커서 정신을 차릴 수 없었다. 끔찍한 통증이 온몸으로 퍼져 나갔다. 그것도 찰나였다. 룸살롱 안의 다른 사람들이 남자를 밀치며 득달같이 쏟아져 나왔기 때문이었다. 하 사장은 남자에게서 떨어져 바닥에 나뒹굴었다. 물린 곳에서는 피가 울컥울컥 새어 나왔다. 여러 사람이 흡사 괴물 같은 소리를 내며 계단을 달려 올라갔다. 빨랐다. 먼저 도망친 김 군을 따라잡을 만큼이나.

"살려줘요!"

하 사장은 김 군의 처절한 비명을 들으며 정신을 잃었다.

서희의 레인지로버는 출근 시간의 번잡함이 다소 지난 강변북로를 달리고 있었다. 운전석에 앉은 서희는 정면을 응시하면서도 가끔 시간을 확인했다. 홍대에서 야차와 만나기로 한 건 10시였다. 늦지는 않겠지만, 그렇다고 여유롭게 도착할 것 같지도 않았다. 성격상 최소 10분 전에는 약속 장소에 도착해야 하는 서희로서는 꽤 신경 쓰이는 상황이었다. 수지가 늦게 준비하는 바람에 일정이 살짝 꼬였지만 그렇다고 수지에게 뭐라고 할 수는 없었다. 그런 건 어설픈 엄마나 하는 실수니까.

"왜 벌써 입시 준비를 하는 건데? 응?"

뒷좌석에 앉은 수지는 불쑥 말을 꺼냈다. 지금까지는 뾰로통한 표정으로 창밖만 보고 있었는데 점점 목적지에 가까워지니 다시 짜증이 치민 거라고, 자칭 현명한 엄마인 서희는 그렇게 짐작했다.

"수지야. 엄마 말씀 들었지? 이 선생님 별명이 홍대 족집게라잖아. 이분 입시 컨설팅 받는 게 하늘의 별 따기래. 그러니 분명히 도움이 될 거야."

윤형 피디는 뒤를 돌아보며 사근사근하게 설명했다.

"아무리 그래도 중학교 2학년 방학 때 이러는 건 오버죠! 오늘 친구랑 약속도 있었는데. 난 공부에 재능 없다고! 몇 번을 말해야 엄마는 알아들어? 나 그냥 음악 하고 싶다니까!"

"수지야. 수지야. 화내지 말고 엄마 말 좀 들어봐."

서희는 룸미러를 보며 차분히 말했다. 수지는 다시 창밖으로 고개를 돌린 상태였다.

"음악은 언제라도 할 수 있잖아. 그러니……"

"몰라! 엄마 완전 꼰대야!"

"뭐? 얘가 어디서 버릇없이! 엄마가 경고했지? 그딴 식으로 말하지 말라고. 다른 애들 다 중2 때부터 입시 준비하는데 너도 따라가야 할 거 아냐! 바빠 죽겠는데 엄마가 나 좋자고 이래? 다 널 위해서……."

이해심 많고 부드러운 엄마 가면은 집에서 출발한 지 한 시간도 채 되지 않아 벗겨졌다. 서희의 폭풍 잔소리는 윤형의 비명과 함께 뚝 끊겼다.

"선배! 앞! 앞!"

서희가 룸미러에서 시선을 떼고 정면을 봤다. 까만색 고양이 한 마리가 바로 몇 미터 앞에 얼어붙은 듯 서 있었다.

"아!"

놀란 서희는 힘껏 브레이크를 밟았다. 끼익, 하는 소리가 도로에 울려 퍼졌다. 다행히 앞 차와의 간격이 가깝지 않아 추돌 사고는 피했지만…… 운전석에서는 고양이가 보이지 않았다.

"괜찮으세요? 수지 넌 괜찮니?"

윤형이 서희와 수지에게 차례대로 물었다. 수지는 어리둥절한 표정으로 고개만 끄덕였다. 서희는 비상등을 켜고 안전띠를 풀었다. 그러고는 말했다.

"나갔다 올게."

"어쩌시려고요?"

윤형이 물었다.

"확인해봐야지."

"그래도……."

서희는 윤형의 말을 무시하고 차에서 내렸다. 최악의 상황이 머릿속에 떠올라 괴로웠지만 어쨌든 확인해야 했다. 천천히 레인지로버 보닛 앞으로 향한 서희의 눈에 까만 고양이가 들어왔다. 무사했다. 앞바퀴 바로 옆에 몸을 잔뜩 웅크린 채 앉아 있었다. 자그마한 체구로 보니 태어난 지 몇 달 되지 않은 것 같았다. 새끼 고양이는 서희가 다가가 안아 올릴 때도 가만히 있었다.

"넌 어쩌다가 이 위험한 곳으로 왔니?"

서희가 머리를 쓰다듬으며 물었다. 고양이는 골골거리는 소리로 답했다. 그사이 성미 급한 운전자 여럿이 경적을 울리며 지나갔다. 이대로 계속 서 있기엔 위험했고, 무엇보다 약속 시간이 점점 더 가까워지는 중이었다. 서희는 고양이를 안은 채 차에 올랐다.

“어? 고양이다!”

수지가 대번에 반색했다.

“다행히 안 다쳤네요.”

윤형은 안도하는 표정이었다.

“자. 도착하기 전까진 네가 안고 있어.”

서희는 고양이를 수지에게 내밀었다.

“정말? 와! 진짜 귀여워!”

고양이를 안아 든 수지는 언제 심통을 부렸냐는 듯 해사하고 귀여운 표정으로 생글생글 웃었다. 고양이는 수지의 품에서 몸을 동그랗게 말고는 큰 눈을 끔벅거렸다.

“어쩌시려고요?”

윤형이 서희에게 물었다.

“여기 그냥 둘 순 없잖아.”

서희는 다시 가속페달을 밟으며 말했다. 물론 고양이를 데려다 키울 생각은 없었다. 서희는 몇 년 전에 이미 결론 내렸다. 다른 생명체와 사는 것은 수지 하나로 족하다고. 그랬기에 다들 부러워하는 잘나가는 변호사 남편과도 미련 없이 이혼했다. 재산은 서로 반씩 나누되 수지는 서희가 키우는, 나름 ‘쿨’한 이혼이었다. 전남편은 기다렸다는 듯 젊은 여자와 재혼했고. 둘 다 손해 보는 장사는 아닌 셈이었다.

그래도 일진이 나쁘진 않네.

룸미러를 힐끔 보며 서희는 생각했다. 고양이 한 마리로 까칠한 사춘기 소녀의 입을 다물게 하는 건 남는 장사였다. 수지는 고양이를 키우자고 고집 피울 게 뻔했지만, 그건 나중에 생각하면 될 일이었다. 한 번에 하나씩. 그게 서희가 일하는 방식이었다.

레인지로버는 마포구에 진입했다.

오전 10시 무렵의 홍대 거리는 대체로 한산했다. 음식점들도 11시나 되어서야 장사를 시작했고, 기념품 가게나 여러 편집숍도 오전에는 문을 열지 않았다. 늦게 출근하는 직장인이나 이제 막 한국에 도착해 숙소를 찾아 돌아다니는 외국인 여행객만이 홍대를 누볐다. 그러나 금요일인 오늘은 홍대 지하철역 근처에 마련된 광장에 사람이 제법 많았다. 일요일까지 사흘간 진행되는 플리마켓 준비를 위해서였다. 부스를 설치하고 주변 시설을 정비하는 운영 업체 쪽 인원과 자기 물건을 판매하려는 판매자가 뒤섞여 때 아닌 활기를 띠고 있었다. 플리마켓 오픈 시간은 12시였다.

홍대 정문에서부터 사거리로 이어지는 왕복 3차선 도로의 보행 신호등이 초록색으로 바뀌었다. 트렁크를 끄는 여행객 몇 명과 방학을 맞아 아침부터 홍대로 나온 청소년 몇 명이 건널목을 건넜다.

그때였다.

홍대 다이소 안쪽 골목에서 여러 사람이 괴성을 지르며 달려 나왔다. 오래된 예식장과 유명 삼계탕집이 있는 골목이었다. 달려 나온 사람들 중 한 명이 팔에 문신을 한 외국인 여성을 덮쳤다. 술에 잔뜩 취한 듯 넥타이를 풀어 헤친 남자는 넘어진 여성 위에 올라타서 무작정 얼굴을 들이밀었다.

"꺄아!"

여성은 버둥거리며 계속 비명을 질렀다. 건널목을 건너던 사람들이 어쩔 줄 몰라 하며 보고만 있을 때 신호를 받아 정차한 차에서 덩치 좋은 남자가 내렸다. 그 남자 역시 팔에 현란한 문신이 새겨져 있었다.

"어이! 뭐 하는 거야?"

남자는 그 말과 함께 달려가 망설이지 않고 취한 남자를 걷어찼다. 취객이 움찔하더니 고개를 홱 들었다. 입가에 피가 번들거리는 걸 보고 이번에는 차에서 내린 남자가 움찔했다.

"크아아!"

취객인 줄 알았던 남자는 포효하듯 거친 소리를 내지르더니 벌떡 일어났다. 그 순간 차에서 내린 남자는 등에 섬뜩한 통증을 느꼈다. 고개를 돌리니 웬 여자가 업히듯 달라붙어 등을 물고 있었다.

"야! 떨어져!"

남자는 여자를 떨쳐내려고 몸부림쳤다. 이것들이 단체로 마약이라도 한 건가 싶었는데 점점 심해지는 통증과 함께 그보다 더 심각한 일이 벌어졌다는 걸 남자는 알게 됐다. 길거리로 미친 듯이 달려 나온 인간들은 아무나 붙잡고 마구 물어뜯기 시작했다. 여기저기서 비명이 터졌다. 건널목에 나뒹구는 사람만 해도 서너 명이었다. 여행객 중 일부는 트렁크를 버리고 도망쳤다. 횡단보도의 신호가 빨간불로 바뀌었지만 차들은 진입하지 못하고 머뭇거렸다. 멈춰 선 운전자들의 눈에는 공포와 당혹스러움의

빛이 떠올라 있었다. 남자가 본 건 거기까지였다. 그는 여자를 끝내 떼어내지 못하고 무릎을 꿇었다. 통증도 통증이지만 현기증이 엄습했다. 머리가 터질 듯 아팠고, 속에서는 구역감이 올라왔다. 그와 동시에 참을 수 없는 허기가 몰려왔다. 남자가 풀썩 쓰러졌다. 공격을 마친 인간들은 허옇게 뒤집힌 눈을 치뜬 채 다시 어딘가로 달려갔다. 그리고 잠시 후, 피를 흘리며 쓰러졌던 이들도 하나둘 일어나기 시작했다.

플리마켓 부스를 꾸미던 판매자들은 멀지 않은 곳에서 들리는 비명과 고함에 일제히 고개를 들었다. 여름이 본격적으로 위세를 떨치기 시작한 7월 말의 하늘은 눈부시게 맑았고 걱정과는 달리 오전에는 제법 선선한 바람이 불기도 했다. 이대로라면 플리마켓은 성황일 게 틀림없었다.

"뭔 일이 났나?"

핸드메이드 액세서리를 판매하려고 한창 진열 중이던 여자가 비명이 들린 쪽을 보며 중얼거렸다.

"싸움 난 거 같은데……."

또 다른 여자가 같은 곳을 보며 말했다.

“근데, 어째 점점 가까워지는 것 같지 않아요?”

액세서리를 내려놓은 여자는 손차양을 만든 다음 도로 쪽을 바라봤다. 그러면서 몇 발 움직였다.

“살려줘요!”

누군가가 다급하게 외치며 달려온 건 바로 그 순간이었다. 왼손으로 오른쪽 팔뚝을 꽉 잡은 채 넘어질 듯 아슬아슬하게 달리던 남자는 행사장까지 와서 결국 주저앉았다. 그제야 각자 일에 몰두하던 사람들이 놀라서 모여들었다. 그중에는 연장을 하나씩 든 인부들도 있었다.

“싸웠소?”

나이 지긋한 인부가 앉아서 숨을 헐떡이는 남자를 향해 물었다. 남자의 얼굴은 땀으로 흠뻑 젖어 있었다. 동공이 불안한 듯 떨렸고 덩달아 시선도 이 사람에게 향했다가 저 사람에게 향했다가 정처 없이 흔들리고 있었다.

“아, 아뇨. 누가 물었어요.”

남자의 다소 뜬금없는 대답에 인부가 반문했다.

“물었다고?”

“네. 갑자기 달려와서는…….”

그렇게 말하며 남자는 왼손을 떼서 자기 상처를 보여줬

다. 순간, 모인 사람들이 술렁거리기 시작했다. 남자의 오른팔에 남은 상처는 그냥 물린 게 아니었다. 살점이 한 입 모양으로 크게 떨어져 나간 상태였다. 뜯어 먹혔다는 표현이 어울릴 정도였다. 의외로 피는 많이 나지 않았지만 그래서 더 적나라하게 보였다. 차마 못 보고 고개를 돌리는 사람도 있었다.

"허어. 이건 당장 병원부터 가야겠는데."

또 다른 인부가 말했다.

"신고해요, 신고해."

누가 그런 말을 했고, 액세서리 여자가 나섰다.

"제가 할게요."

그는 핸드폰을 꺼내 들었다. 그 순간 헉헉거리며 앉아 있던 남자가 벌렁 드러누웠다. 아무래도 정신을 잃은 듯했다. 여자는 재빨리 핸드폰에 119를 입력했다. 그리고 막 '통화'를 누르려는 순간, 누군가가 크게 소리쳤다.

"저, 저기 봐요!"

여자는 멍하니 고개를 들었다. 10여 미터 앞에서 다양한 복장과 다양한 인종과 다양한 생김새를 한 사람들이 맹렬히 달려오고 있었다. 여러 요소가 참으로 다양했지만 한 가지는 똑같았다. 모두 이를 잔뜩 드러낸 채 포효하고 있었다.

크아아!

"위험해 보이는데……."

인부 한 명이 그 말과 함께 슬금슬금 뒷걸음질 쳤다. 다른 사람들은 어쩔 줄 몰라 서로 마주보기만 했다. 그사이 눈이 회백색으로 변한 사람들은 뭉텅뭉텅 거리를 좁혀왔다. 이제 그들이 내뿜는 피비린내와 거친 숨소리가 코앞에, 그리고 귓가에 전해질 정도였다. 신고하려던 여자는 서둘러 핸드폰을 주머니에 넣고 돌아섰다. 홍대입구역 7번 출구가 멀리 보였다. 도망쳐야 한다! 본능이 그렇게 울부짖고 있었다. 여자는 달리기 시작했다. 다른 이들도 위험을 감지하고 냅다 뛰었다. 한 가지 불행한 사실은 달려오던 이들이 훨씬 빨랐다는 거였다. 굶주린 아귀처럼 달려든 그들은 도망치려던 사람들을 무자비하게 공격했다. 고통에 찬 비명과 분노에 찬 포효가 한데 울려 퍼졌다.

홍대 곳곳에서.

그리고 그 소리는 점점 더 퍼져 나갔다.

서희의 레인지로버는 홍대 사거리를 조금 지나서 지하
철역 9번 출구 앞에 멈춰 섰다. 9시 50분이었다.

"어서 내려. 위치는 알지?"

수지는 서희의 말에도 꼼짝을 안 했다. 고양이만 계속
쓰다듬고 있었다.

"수지야. 어서 가는 게 좋겠다. 하하."

윤형이 서희 눈치를 보며 말했다. 두 사람은 오래 호흡
을 맞춰왔다. 몇 년 전 8시 뉴스의 '앵커가 만난 사람' 코
너에서 처음 합을 맞춘 서희와 윤형은 여태껏 문제 한 번
없이 작업해왔다. 윤형이 원체 눈치가 빠르기도 했고, 서
희 역시 촬영이면 촬영, 섭외면 섭외 모두 척척 해내는 이
후배가 마음에 들었다.

"진짜 싫어! 싫다고!"

수지는 소리를 빽 질렀다.

"야! 너 정말 이럴래? 엄마 지금 바쁘다고! 빨리 내려.
입시 진단 끝날 때쯤 데리러 올 테니까."

서희 역시 목소리를 높이게 됐다.

"그럼, 나랑 거래해!"

"뭐? 거래는 무슨 거래?"

서희는 어이가 없어 되물었다.

"다녀오면 이 고양이 키우게 해줘."

"안 돼! 동물 보호소에 보낼 거야."

"싫어. 내가 키울래. 키우게 해주면……."

수지가 거기까지 말한 순간, 뒤에서 깜짝 놀랄 만큼 큰 경적이 울렸다.

"뭐야?"

당황한 서희는 사이드미러로 뒤를 확인했다. 검은색 세단이 서 있었다. 뭔가 이상하다는 걸 알아차린 서희가 창문을 내리고 고개를 내밀려고 할 때였다. 이번에는 검은색 스타렉스 한 대가 바로 옆으로 부딪힐 듯 멈춰 섰다. 동시에 스타렉스 옆문이 열렸다. 그 안에서 험상궂은 인상의 젊은 사내들이 우르르 몰려나오는 걸 보며 서희는 다시 창문을 올리려 했다. 한발 늦었다. 민소매를 입은 한 남자가 운전석 안으로 우람한 팔을 밀어넣었다. 그러고는 문을 열었다.

"왜 이래요?"

서희가 뒤늦게 소리쳤지만 사내들은 레인지로버 주위를 포위하듯 감싼 채 버티고 섰다.

“엄마……..”

놀라서 말을 잇지 못하는 수지를 향해 서희가 손을 뻗었다. 윤형은 얼어붙어 있었다. 그러면서도 무릎 위 카메라는 꼭 움켜쥔 상태였다.

“모두 내려.”

운전석 문을 연 사내가 명령했다. 서희는 본능적으로 반발심을 느꼈지만 일단 참았다. 놈들이 누구이고, 왜 이러는지 알아내려면 냉철함이 필요했다. 그래도 양보 할 수 없는 게 있었다.

“딸은 보내줘. 애는 상관없잖아.”

“모두 내려.”

‘모두’를 세게 발음하긴 했지만, 결국 같은 소리였다. 서희는 판단했다. 놈은 결정권자가 아니라고.

“선배. 일단 시키는 대로 하죠.”

윤형의 말에 서희도 고개를 끄덕였다. 홍대 거리 한복판이다. 놈들도 과격한 짓은 못하리라. 무엇보다 수지의 안전을 위해서라도 시키는 대로 할 필요가 있었다.

“수지야. 내리자.”

서희는 그 말과 함께 운전석 밖으로 나갔다. 윤형도 조수석에서 내렸고, 수지 역시 뒷문을 열고 나왔다. 고양이를 품에 안고서. 여러 사람이 일상적으로 지나다니는 거리에서 이런 꼴을 당하다니, 서희는 믿을 수 없었다.

도대체 뭐 하는 놈들일까?

건들거리며 선 젊은 놈들은 물어도 대답해줄 것 같지 않았다. 하지만 서희의 의문은 곧 풀렸다. 세단 뒷좌석에서 누군가가 내린 것이다.

"반갑네요."

맨살에 징이 박힌 가죽조끼만 입은 남자는 얼굴 곳곳에 피어싱을 하고 있었다. 상체는 물론이고 얼굴까지 문신을 새긴 상태였다. 얼굴 절반을 뒤덮은 복잡하고 기괴한 문양의 문신은 이 젊은 남자를 위험한 인물로 보이게 만들기에 충분했다. 그 얼굴 문신 덕분에 남자의 웃는 표정이 더 살벌해 보였다.

"혹시…… 야차?"

서희는 이제야 어떤 상황인지 알 것 같았다. 놈이 순순히 인터뷰에 응하리라고 생각했던 것부터가 실수였다. 야차는 초장부터 주도권 싸움을 걸어 온 것이었다.

"처음 뵙겠습니다."

야차는 건들거리며 다가와 서희에게 손을 내밀었다. 서희는 악수에 응하는 대신 따져 물었다.

"이게 뭐 하는 짓이죠?"

"보시다시피, 환영식이죠. 운전 오래 하시면 힘들 테니 여기서부턴 저희가 모실게요."

느릿느릿한 말투로 야차가 말했다. 얼굴에는 그 살벌한 미소가 계속 떠 있었다. 많아야 이십대 후반, 아니면 삼십대 초반쯤 될까? 복장에서부터 이미 느껴졌지만 야차는 조폭의 선입견을 깨고 싶다고 온몸으로 표현하는 것 같았다. 부하들 역시 마찬가지였다. 검은색 정장은 찾아볼 수 없었다. 다만 하는 짓거리는 기성 조폭과 다를 게 없었다. 서희는 그 점을 꼭 지적해주고 싶었다.

"금요일 아침 홍대에서 납치라도 하려는 건가요? 너무 구식 같은데."

"그런 이야기는 가서 하죠. 저놈은 저희가 옮겨드릴 테니, 걱정하지 말고 저희 차에 타시죠."

야차는 레인지로버를 가리키며 말했다. 그사이 서희와 윤형은 눈을 마주쳤다. 수지는 서희 옆에 딱 붙어 서 있었다. 모든 게 맘에 안 들었지만, 여기서 반항하는 건 더 골치 아픈 상황을 만드는 일이리라. 서희는 그렇게 생각했고, 윤형이 고개를 끄덕이는 거로 봐서 눈치 빠른 후배 역시 같은 생각인 듯했다.

"좋아요. 다만 독점 인터뷰는 그대로인 거죠?"

서희가 물었다.

"물론이죠. 그걸 위해 이렇게 번거로운 작업을 하는 거니까. 앵커님은 제 차에, 나머지 둘은 스타렉스로. 됐죠?"

수지와 떨어지는 건 불안했지만 어쩔 수 없었다.

"알겠어요."

서희가 그렇게 대답했을 때였다. 야차의 부하 중 한 명이 누군가를 향해 버럭 소리 질렀다.

"뭘 봐? 그냥 가던 길 가!"

"왜 그래?"

야차가 물었다. 서희는 뒤를 돌아봤다. 반소매에 반바지를 입은 배 튀어나온 중년 남자가 굳이 차도까지 내려와 이쪽으로 다가오는 중이었다. 어딘가 불편한 듯 어기적거리면서.

"취한 것 같은데…… 알아서 처리하겠습니다."

부하는 그 말과 함께 남자 쪽으로 다가갔다. 야차는 대수롭지 않다는 듯 무심히 말했다.

"자, 타세요. 여기서 우리 사무실까지는 금방입니다."

"수지야. 좀 있다가 엄마랑 다시 볼 거니까 윤형 삼촌 옆에 꼭 붙어 있어. 알았지?"

"응."

수지는 겁먹은 표정으로 아랫입술을 꽉 물었다. 긴장했거나 감정을 참을 때 수지가 습관처럼 하는 행동이었다.

"아저씨! 내 말이 우스워? 빨리 꺼지라고!"

서희는 야차의 부하가 취객처럼 보이는 남자의 어깨를 미는 걸 봤다. 그때 이상한 광경이 서희 눈에 들어왔다. 배불뚝이 남자와 비슷하게 비틀거리고 절룩거리는 이들이 인도에 가득했다. 원래도 홍대입구역 9번 출구 쪽 KFC 앞은 유명한 약속 장소였다. 거긴 늘 사람이 붐볐는데…… 지금은 술에 떡이 된 노숙자 천지인 것 같았다. 옷이 찢어진 사람도 많았고, 얼굴이나 팔다리에 상처를 입고 피 흘리는 사람도 많았다. 그들 모두 정처 없이 배회하고 있었다. 그러다가 한 명씩 차도로 내려왔다. 배불뚝이가 처음이었고, 그다음은 머리가 산발이 된 여자였다.

"저, 저거 좀 이상한데……."

그렇게 중얼거리자 야차도 돌아봤다. 다른 부하들 역시 이제는 자기 동료와 취객의 대치를 유심히 보고 있었다.

"야! 빨리 가자."

야차가 목소리를 높였다. 부하는 움찔하며 곧 대답했다.

"네!"

그 짧은 순간, 그러니까 부하가 야차에게 대답하려고 잠시 고개를 돌린 찰나에 남자가 공격했다. 훌쩍 몸을 날려 부하의 코를 물어버린 것이었다. 그러고는 잘근잘근 씹었다. 분명했다. 남자는 부하의 코를 씹어 먹으려 하고 있었다.

"야! 이 새끼 뭐야?"

옆에 있던 다른 부하가 남자를 떼어내려고 다가갈 때까지만 해도 다들 피식 웃는 분위기였다. 코를 물린 것은 안타까운 일이지만 그건 반대로 내내 놀려먹을 거리가 생겼다는 뜻이기도 했다. 취객한테 코를 물린 조폭!

상황이 급변한 건 도우러 간 조폭마저 여자에게 팔을 물리면서부터였다. 그 조폭은 떠나가라 비명을 질렀다.

"으악!"

그 소리에 반응한 건 9번 출구 앞을 서성이던 사람들이었다. 약속이라도 한 듯 동시에 움직임을 멈춘 그들은 서희 일행과 뉴마포파 일당을 훑었다. 그 모습이 마치 공격하기 직전의 맹수 같다고 서희가 생각한 찰나, 족히 수십 명은 되어 보이는 그들이 일제히 달려들었다. 광포한 표정으로 날 선 포효를 쏟아내면서.

"어어!"

윤형이 그런 소리를 내며 수지 앞을 막아섰다. 서희는 야차에게 물었다.

"당신들 일이에요?"

"잘 봐. 저것들 모두 정상이 아니야."

야차는 마구잡이로 달려오는 이들을 가리켰다. 그제야 서희도 확인했다. 선두에 선 젊은 여자는 뺨이 찢어져 부채처럼 펄럭이고 있었다. 그런 큰 상처에도 여자는 끄떡없는 듯했고, 오히려 힘이 넘치는 것처럼도 보였다. 그 여자는 크게 입을 쩍 벌리며 달려왔다. 눈은 빛을 잃고 회백색으로 변해 있었다.

"이것들 뭐야?"

야차의 부하 중 제일 덩치 큰 남자가 나섰다. 다른 조폭도 달려드는 무리를 향해 돌아섰다. 세단에서 내린 두 명까지 합해 뉴마포파는 모두 여섯이었는데, 그중 둘은 각각 코와 팔을 물려 끙끙거리고 있었다. 호기롭게 외친 덩치는 앞서 달려오는 뺨 찢어진 여자에게 그대로 주먹을 날렸다. 여자는 비틀거리긴 했지만 넘어지거나 쓰러지지 않았다. 오히려 더 광분하며 훌쩍 뛰어올랐다. 그러고는 덩치의 얼굴에 손톱을 박아넣는 것과 동시에 목덜미를 물었다. 다시 고개를 든 여자의 입은 온통 피범벅이었다. 그는 승리의 포효를 내질렀다.

"크아아!"

"뭐 해? 빨리 떼내!"

야차가 당황한 표정으로 멀뚱멀뚱 서 있던 부하들에게 명령했다.

"네!"

나머지 부하들은 우렁찬 대답과 함께 앞으로 달려 나갔다. 야차는 서너 걸음 앞으로 간 채로 이상하게 변한 인간과 자기 부하의 싸움을 지켜봤다. 뒷모습에서도 초조함이 느껴졌다. 서희는 바로 지금이라 생각했다. 천천히 뒤로 물러난 뒤 윤형을 봤다. 그러고는 레인지로버 쪽으로 고개를 슬쩍 돌렸다. 타. 입 모양으로 그렇게 말하면서.

윤형과 수지는 슬금슬금 레인지로버로 향했다. 서희도 천천히 돌아섰다. 그 순간 서희의 눈에 끔찍한 광경이 들어왔다. 목에서 피를 콸콸 쏟아내는 키 작은 여자와 티셔츠 앞섶이 피범벅인 외국인 남자가 미친 듯이 달려오고 있었다. 윤형과 수지를 향해.

"조심해!"

서희는 두 사람 뒤쪽을 가리키며 소리 질렀다. 그 소리를 듣고 고개를 돌린 윤형은 수지를 붙잡고 홱 돌리면서 외국인 남자의 발을 걸었다. 거의 앞만 보고 달려오던 남자는 윤형의 발에 걸려 대자로 넘어졌다. 문제는 그 뒤에서 달려든 다른 남자였다. 홀쭉한 그 남자가 윤형의 셔츠 깃을 잡고 늘어졌다. 균형을 잃은 윤형이 비틀거리며 수지를 놓치고 말았다. 서희는 윤형을 물려고 입을 한껏 벌린 남자를 향해 주먹을 휘둘렀다. 평생 누군가를 때려본 건 이번이 처음이었다. 너무 세게만 때리려고 한 탓에 서희는 손목을 삐었다. 그래도 효과는 있었다. 남자가 휘청이며 물러났다. 그 순간 수지의 비명이 들렸다.

"아악! 엄마!"

서희는 재빨리 수지를 바라봤다. 목에 상처 난 여자가

수지를 향해 이를 드러낸 채 바짝 붙어 서 있었다.

"수지야!"

손을 뻗었지만 닿지 않았다. 여자는 얼어붙은 수지에게 곧장 달려들었다. 그때 수지에게 안겨 있던 새끼 고양이가 앙칼진 소리를 내며 발톱으로 여자를 공격했다. 여자가 주춤했다. 서희는 그 틈을 타 수지를 자기 앞으로 끌고 왔다. 그러고는 외쳤다.

"빨리 타!"

서희는 뒷좌석 문을 열고 수지를 밀어넣었다. 그런 뒤 재빨리 운전석에 올랐다. 남자에게서 벗어난 윤형도 조수석으로 올라탔다.

"선배. 이, 이게 무슨 난리죠?"

윤형이 더듬거리며 물었다.

"나도 몰라."

진짜 무슨 일인지 모르겠지만, 하나는 확실하다 싶었다. 그건…… 개가 물어뜯은 헝겊 인형 같은 상태로 날뛰는 저것들은 절대 인간이 아니라는 사실이었다. 인간일 리 없었다.

"엄마."

수지가 서희를 불렀다. 돌아볼 새가 없었다. 시동을 걸고 안전띠를 매느라 바빴다.

"엄마!"

또 한 번 불렀을 때 뒷좌석 문이 벌컥 열렸다. 그러고는 야차가 불쑥 들어와 수지 옆에 앉았다.

"뭐야? 뭐 하는 거예요?"

서희가 뒤를 돌아보며 외쳤다.

"도와줘. 우리 애들 다 당했어."

야차가 말했다. 그의 얼굴에 떠오른 당황한 표정은 볼 만했다. 문신이 일그러지니 그 틈으로 남자의 어린 나이가 고스란히 드러나 보였다. 야차니 뭐니 해도 이런 상황을 겪어본 적 없기는 마찬가지였다.

"알았어요. 허튼짓만 하지 말아요."

서희는 그렇게 말하며 정면으로 고개를 돌렸다. 차 앞 유리로 마구 포효하는 사람들이 보였다. 그들의 수는 점점 불어나고 있었다. 9번 출구뿐만 아니라 그 뒤까지 비슷한 사람들이 점령 중이었다.

"선배. 밀고 나가야 할 것 같은데요?"

윤형이 말했다. 서희도 같은 생각이었지만 막상 사람들

을 향해 돌진하려니 망설여졌다. 인간이 아니다. 저것들은 괴물이다. 그렇게 되뇌어봐도 가속페달에 얹은 발이 쉽사리 움직이지 않았다.

"엄마…… 나 이상해."

수지가 다시 말했다. 가느다란 그 목소리가 심상치 않았다. 서희는 비로소 수지를 돌아봤다. 고양이를 끌어안은 딸은 몸을 부들부들 떨고 있었다. 눈에는 초점이 없었다. 좌우로 홱홱 움직이는 목은 수지의 통제를 벗어난 듯했다.

"왜 그래?"

놀란 서희가 물었다. 그때 수지의 오른팔을 가로지른 할퀸 상처가 보였다. 거기서 피가 조금 배어 나오고 있었다.

"아, 아까 그 언니 손톱에……."

수지는 말을 채 끝내지 못했다. 입술이 파르르 떨렸다. 이상을 감지한 듯 고양이가 풀쩍 뛰어 야차 품으로 들어갔다. 다음 순간, 수지의 목이 개구리의 그것처럼 한껏 부풀었다.

"수지야!"

서희가 외치자마자 수지는 고개를 숙이며 피를 토했다.

속엣것을 다 게워내듯 요란하고 섬뜩한 소리가 뒤따랐다. 그다음이었다. 수지가 발작을 일으킨 건. 버둥거리는 수지의 눈은 점점 희뿌옇게 변하고 있었다.

"병원으로 달려!"

야차가 퍼덕거리는 수지를 힘으로 누른 채 소리쳤다.

"어, 어느 병원……."

서희의 머릿속이 하얘졌다. 마치 그 순간을 기다리고 있기라도 했던 것처럼 바깥에 늘어서 있던 사람들이 차를 향해 몰려오기 시작했다.

"가까운 데 내가 아는 병원이 있어! 일단 출발해."

야차가 말했다.

"알았어요."

심장이 펄떡거리는 걸 느끼며 서희는 숨을 한 번 골랐다. 그러고는 기어를 'R'에 놓고 힘껏 페달을 밟았다. 야차의 세단은 돌진해 오는 레인지로버에 부딪혀 범퍼가 완전히 찌그러졌다. 그 덕분에 빠져나갈 공간이 생겼다. 다시 기어를 'D'로 바꾼 서희는 핸들을 돌려 도로로 끼어들었다. 저만치 뒤에서 자동차 여러 대가 잇따라 충돌하는 큰 소리가 울려 퍼졌다. 서희는 룸미러를 봤다. 홍대 사거리에 사고 차량 여러 대가 서 있었다. 부러진 뱃조각처럼 늘어선 차들 사이로 인간이 아닌 그것들의 모습이 보였다.

"크으으."

수지가 쏟아내는 기괴한 소리를 들으며 서희는 다시 정면을 주시했다. 야차가 말했다.

"저기 신호에서 좌회전! 그리고 한 번 더 좌회전하면 있어. 홍대푸른병원이라고."

수혁은 힐끔 시간을 확인했다. 어느새 10시 30분이었다. 오전의 응급 상황을 제외하면 오늘도 평범하고 평화로운 하루였다. 지금 진료 중인 박순자 할머니도 큰 차도는 없었지만 아주 나빠지지도 않은 상태였다. 박순자 할머니가 햇빛이 들어오는 창가 쪽을 보며 말했다.

"선생님. 내가 무당이었다고 말했었나?"

"했죠. 아주 용한 무당이셨다고."

그 얘기는 얼추 백 번 정도 들었다. 했던 이야기를 또 하는 건 뇌신경계 질환을 앓는 노인의 공통점이었다. 그리고 수혁은 앞으로도 백 번은 더 들어줄 자신이 있었다.

"이제 난 신기가 빠진 줄 알았는데 요즘은 꿈을 그렇게 꿔요."

박순자 할머니가 말했다.

"꿈이요? 어떤 꿈인데요?"

수혁의 물음에 박순자 할머니는 빙긋이 웃었다.

"너무 만화 같고, 영화 같은 꿈이라서……."

"말씀해보세요. 어떤 꿈인지 궁금해요."

"여러 사람이, 아니다…… 정말로 많은 사람이 서로 싸우는 거예요."

"치고받고 막 이렇게요?"

"아뇨. 서로 물어뜯어요. 할퀴기도 하고."

"아! 재밌는 꿈이긴 하네요."

"그렇죠? 그런데…… 이 꿈이 예지몽인가 싶어 그게 불안해요."

박순자 할머니 표정이 어두워졌다. 수혁은 이런 상황에서 어떻게 대답해야 하는지 알고 있었다. 수술만 하던 시절에는 결코 알지 못했던 부분이었다. 지난 2년 동안 이곳에서 뇌신경외과가 아닌 뇌신경과 의사로 일하면서 새로운 걸 많이 터득했다.

"꿈은 종종 무의식을 반영하죠. 아마 불안한 뭔가가 있어 그런 꿈을 꾸시는 걸 거예요."

"그러면 다행이고요."

"약은 그대로 드셔도 되겠죠? 부작용은 없으시죠?"

수혁은 다음 환자를 위해 슬슬 진료를 끝내야겠다고 생각했다. 다행히 박순자 할머니는 선선히 일어나며 말했다.

"그래요. 다음에 또 선생님 뵈러 올게요."

"네. 불편한 거 있으면 언제든 오시고요."

수혁이 그 말과 함께 고개를 숙였을 때였다. 박순자 할머니가 "아!" 하면서 말을 꺼냈다.

"참! 중요한 이야길 안 했네요."

"무슨……."

"어젯밤 꿈에는 유나가 나왔어요. 유나가 그러더라고요. 아빠가 자기 말을 꼭 들어야 한다고."

"네?"

수혁의 책상 위에 놓인 유나 사진을 가리키며 말한 박순자 할머니는 해사하게 웃더니 진료실을 나갔다. 수혁은 엉거주춤 일어선 채로 생각에 잠겼다. 아무리 머리를 쥐어짜봐도 박순자 할머니에게 딸 이름을 가르쳐준 적은 없었다. 다른 사람에게서 유나 이름을 들은 건 2년 만이었다. 유나가 죽은 후로는 아무도 수혁 앞에서 그 이름을 꺼내지 않았으니까.

핸드폰이 사납게 진동한 건 바로 그 순간이었다. 수혁이 꺼림칙한 기운을 애써 누르며 다시 의자에 앉으려던 때, 너무 요란을 떨어 핸드폰을 확인할 수밖에 없었다. 재난안전문자가 와 있었다.

「금일 오전 마포구 일대에서 발생한 폭력 및 소요 사태는 10시 30분 현재 매우 심각해지고 있으며, 이에 따라 지하철 2호선, 경의중앙선, 공항철도 홍대입구역, 2호선, 6호선 합정역은 무정차 통과 중입니다. 해당 지역 주민은 외출을 삼가 바랍니다.」

"폭력? 이게 뭐야?"

핸드폰을 들여다보던 수혁이 그렇게 중얼거렸을 때였다. 병원 전체에 경보음이 울렸다. 뒤이어 누군가가 다급하게 외치는 소리가 스피커로 들렸다.

"김수혁 선생님! 김수혁 선생님! 빨리 응급실로 와주세요."

분명 위급 상황인 것 같았다. 수혁의 머릿속에 '마포구'와 '폭력'이라는 두 단어가 하나로 이어졌다. 거기에 '사태'라는 단어까지 더해지니 지금 1층 상황이 어떤지 짐작할 수 있었다.

수혁은 진료실 밖으로 나갔다. 복도 대기석에는 노인 환자 여럿이 앉아 있었다. 그들을 향해 빠르게 인사한 수혁은 담당 간호사에게 말했다.

"오늘 진료 여기서 끝내야겠어요. 무슨 말인지 알죠?"

"네. 지금 난리 난 거 같아요."

간호사는 잔뜩 소리를 죽인 채 말했다. 수혁은 고개를 끄덕해 보인 후 계단을 이용해 1층으로 내려갔다.

폭증

동교동에 자리한 홍대푸른병원은 지어진 지 30년이 넘었다. 홍대입구역 2번 출구에서 도보로 10분 거리에 있어 접근성도 좋았고, 당시에는 홍대에 이렇다 할 의료 기관이 없어 준종합병원인 홍대푸른병원이 제법 인기를 끌었다. 주 진료 항목은 외과였는데 경증의 교통사고 환자나 맹장 수술 등을 받은 이들의 입원을 위한 30개 병상이 마련돼 있었다. 건물은 5층짜리였고, 적갈색 벽돌로 된 외벽에 담쟁이가 타고 올라 언뜻 보면 카페 같은 분위기를 풍겼다. 물론 지금은 전혀 아니었다. 30년의 세월은 벽돌 색상을 풍화시키기에 충분했고, 어쩐 일인지 10여 년 전부터는 담쟁이도 말라 죽어 지금은 흉하게만 보였다. 한 번도 바꾸지 않은 간판에는 때가 끼었고 벽면에는 굵고 가느다란 금이 가로지르고 있었다. 그사이 병원 수익은 완만하게 하락했고, 의료진도 많이 바뀌었다. 같은 자리를 지켜온 건 원장이자 외과 담당의인 남정남뿐이었다. 지금은 근처에 거주하는 노인이 주 고객이 됐다. 내과도 그렇고, 무엇보다 2년 전에 새로 개설한 뇌신경과에 노인 환자가 몰렸다. 당연하게도, 응급 대응 시스템은 매우 취약했다. 의료 기기 역시 죄다 낡고 오래됐다. 병원 응급실도 좁았다.

바로 거기에 응급 환자가 몰려 그야말로 아수라장을 이루고 있었다.

"어떻게 된 겁니까?"

수혁은 분주하게 움직이는 수간호사를 붙잡고 물었다. 수술방에서 일하는 그의 이름은 이효정이었다. 효정은 구세주라도 만난 표정으로 수혁에게 매달렸다.

"아! 선생님. 좀 도와주세요. 지금 응급이 몰려서……."

"폭력 사태 그것 때문입니까?"

"아마 그런 것 같아요. 실려 온 환자들 상태가 다 끔찍해요.”

그건 한눈에 봐도 알 수 있었다. 병상을 가득 채운 응급 환자 대부분은 출혈 양이 상당했다. 상처도 크고 깊었다. 여기저기서 신음이 난무했다. 정신이 하나도 없었다. 수혁은 오른손이 떨리는 걸 들키지 않으려고 재빨리 주머니에 넣었다. 막대사탕이 간절했다. 그걸 놓고 오는 게 아니었는데…….

“어이, 김 선생. 빨리 와!”

환자를 보고 있던 정남이 수혁을 발견하자 바로 손을 들고 불렀다.

“네.”

정남에게로 달려간 수혁은 침대에 누워 몸을 뒤트는 환자를 봤다. 남자고, 왼쪽 목에 열상이 있었다. 그 범위가 상당히 넓었다. 그리고 깊었다. 비슷한 상처를 본 적도 없었다. 개나 곰에게 물리면 이렇게 될까? 하지만 상처의 모양새는 이 남자를 문 주인공의 입이 짐승보다는 작다고 말해주고 있었다.

“물렸대. 사람한테 물렸다는데 뭐가 뭔지 도통 모르겠어.”

정남의 이야기를 들으며 수혁은 고개를 끄덕였다. 사람이 물어서 낸 상처라면 이해할 만했다. 동시에 받아들이기 힘들기도 했다. 사람이 사람을 이 정도로 문다는 건 들어본 적도, 상상해본 적도 없었다.

"여기 다 비슷한 환자죠?"

수혁은 응급실을 둘러보며 물었다.

"맞아. 한꺼번에 실려 왔어."

정남이 말했다. 그의 이마에 땀방울이 맺혀 있었다. 이 늙은 의사는 벌써 지친 기색이 역력했다.

"이 환자들 모두 다른 병원으로 돌려보내요!"

수혁이 말했다. 신음하는 환자의 지혈에 열중하던 정남이 그 작은 눈을 동그랗게 뜬 채 수혁을 돌아봤다.

"지금? 그러다 이 환자들 다 죽어."

"여기 있어도 죽는 건 똑같아요. 전부 외상 환자인데 수술할 사람은 원장님뿐이죠. 이거, 우리가 다 감당 못 해요! 급하게 지혈만 하고 더 큰 병원으로 보내야 합니다."

그 말과 함께 수혁은 실려 온 환자 수를 셌다. 모두 열 명이었다. 수술에 성공한다 해도 계속 관리할 시설이 부족했다. 그것도 턱없이. 환자를 위해서라도 서둘러 전원 결정을 내려야 했다.

"알았어. 이 환자만 보고, 나머지는 옮기라고 할게."

정남도 수혁이 무슨 의도로 말하는지 바로 알아들었다.

"환자, 제가 보겠습니다. 원장님은 전원 요청부터 하시죠."

수혁의 말에 정남이 얼른 물러났다. 그때였다. 누워 있던 남자의 상체가 크게 솟구쳤다. 그 바람에 상처가 더 벌어졌고, 남자는 신음인지 비명인지 모를 소리를 쏟아냈다. 수혁은 남자의 맥박을 짚었다. 정상이었다. 아니, 오히려 빠르게 뛰는 편이었다. 그런데 안구는 거의 뒤로 넘어간 상태였다. 검은자위가 사라지고 눈 전체가 회백색으로 변했다.

"선생님! 어, 어쩌죠?"

출혈을 막고 있던 간호사가 당황한 표정으로 물었다.

"수술실로 옮깁시다. 당장 봉합해야……."

수혁은 말을 끝내지 못했다. 남자가 벌떡 일어나 앉았기 때문이었다. 순간 남자의 희끄무레한 눈과 수혁의 눈이 딱 마주쳤다. 입이 쩍 벌어진다 싶었던 찰나, 수혁을 향해 남자가 덮쳐왔다. 미처 피하지 못한 수혁은 남자에게 떠밀리며 뒤로 넘어졌다. 뒤통수를 바닥에 부딪힌 수혁이 정신을 잃기 전 마지막으로 본 건 크게 포효하는 남자였다.

좌회전만 하면 되는데 그럴 상황이 아니었다. 2번 출구 뒤편 작은 교차로는 차량 여러 대가 마구 뒤엉켜 있었다. 이미 연쇄 추돌 사고를 낸 승용차 세 대와 가로수를 들이받은 트럭 한 대가 정체의 큰 몫을 담당했다. 게다가 난동을 부리는 사람들까지 도로로 쏟아져 나와 그야말로 아비규환이었다.

"이대론 안 되겠어요!"

윤형이 말했다. 서희도 같은 생각이었다.

"여기서 금방이야. 그냥 뛰자!"

야차까지, 셋은 의견 일치를 봤다.

"좋아요. 갑시다."

서희가 말했다. 마침 사람들이 뜸했다. 괴성을 내지르며 어딘가로 줄줄이 뛰어간 직후였다.

"내가 애 안을 테니까 고양이는 당신이 맡아."

야차가 그 말과 함께 윤형에게 고양이를 넘겼다. 서희,

윤형, 야차까지. 셋은 서로를 마주 봤다. 그러곤 동시에 문을 열었다.

수지를 안아 든 야차가 선두에서 달렸다. 그 뒤는 서희였고, 마지막을 윤형이 지켰다. 셋은 추돌 사고 현장을 지나 달렸다. 그때 길 건너편 냉면 가게에서 피범벅이 된 사람 다섯이 뛰쳐나왔다. 그들은 서희 일행을 보자 도로를 건너 달려오기 시작했다.

"빨리!"

그들을 제일 먼저 발견한 윤형이 소리쳤다.

"저기야!"

야차는 몇 미터 앞을 가리켰다. 그곳엔 색 바랜 적갈색 벽돌 건물이 서 있었다. 겉으로 보기에는 전혀 병원 같지 않았고, 병원이라 하더라도 제대로 진료를 볼지 의문이 앞섰다. 그럼에도 서희는 달릴 수밖에 없었다. 수지를 살리려면 지푸라기라도 잡아야 했다.

세 사람은 금세 병원 앞에 도착했다. 쫓아오던 것들과는 아직 거리가 좀 있었다. 문제는 병원 정문이 잠겼다는 것이었다. 분명히 안에서는 의료진이 돌아다니는 것 같은데 두꺼운 유리문은 굳게 잠긴 상태였다.

"열어줘요! 여기요!"

서희가 문을 두드리며 소리쳤다. 그러자 간호사 한 명이 모습을 드러냈다. 얼굴에 당황한 표정이 역력한 젊은 여자였다.

"빨리 열어!"

야차가 간호사를 보자마자 외쳤다.

"죄송해요. 저희도 지금 비상사태라 환자를 더 받을 수 없어요."

간호사는 거의 울 것 같은 얼굴로 말했다.

"제 딸이 다쳤어요! 딸만이라도 들여보내주세요."

서희는 간호사의 동공이 흔들리는 걸 놓치지 않았다. 그때 윤형이 소리쳤다.

"가, 가까이 왔어요!"

냉면 집에서 더위를 식히고 있었을 일행은 이제 다른 만찬을 즐기기 위해 병원 쪽으로 다가오는 중이었다. 서희는 그들을 보고 다시 간호사에게 말했다.

"책임자 불러주세요! 제가 설명할게요."

"그게……."

간호사가 우물쭈물하며 말끝을 흐릴 때였다. 의사 가운

을 입은 훌쩍 키 큰 남자가 나타났다. 무슨 이유인지는 모르겠지만 머리에 얼음주머니를 대고 있었다. 의사가 문으로 다가오며 물었다.

"누가 환자죠?"

"얘야! 보면 몰라?"

야차가 안고 있던 수지를 들어 보이며 쏘아붙였다.

"제 딸이 다쳐서 발작을 일으켰어요."

서희가 덧붙였다.

"저흰 지금 쫓기고 있고요!"

계속 뒤쪽을 살피던 윤형이 다급한 목소리로 외쳤다. 의사는 잠시 고민하더니 유리문 위쪽과 아래쪽의 잠금장치를 풀었다. 그러고는 재빨리 문을 열었다.

"들어오세요. 아이가 다친 건 예외입니다."

그 말이 떨어지기 무섭게 서희 일행은 병원 안으로 달려 들어갔다. 의사는 다시 문을 잠근 뒤 간호사에게 말했다.

"이 아이 응급실로 데려가서 살펴봐줘요."

"네. 이쪽으로."

간호사는 서희 일행에게 그렇게 말하며 응급실 쪽으로 먼저 움직였다. 서희는 문을 열어준 의사를 보며 말했다.

"강서희라고 해요. 감사합니다."

"김수혁입니다. 아이는 어쩌다 다친 거죠?"

수혁이 물었고, 서희는 잠시 고민하다가 대답했다.

"넘어졌어요. 머리를 부딪혔죠. 선생님처럼."

경찰 버스가 동교동과 연남동 일대를 둘러싸 차 벽을 만들기 시작한 건 오전 11시 무렵부터였다. 홍대입구역을 중심으로 동교동과 서교동 사이, 그리고 연남동과 연희동 사이에 길고 단단한 벽이 형성되었다. 주요 도로는 모두 봉쇄했고 거미줄처럼 뻗은 골목에는 경찰과 군 병력을 배치해 누구도 빠져나가지 못하고, 누구도 들어가지 못하도록 막았다. 그와 동시에 마포구청에 서울시 재난안전대책본부가 만들어졌다. 정부의 빠른 대처에는 SNS가 한몫을 담당했다. 무궁화 룸살롱에서 시작되어 홍대를 휩쓸기 시작한 참극 소식은 인스타그램과 유튜브 등 각종 SNS를 타고 순식간에 퍼져 나갔다. 특히 사람이 사람을 물어뜯는 잔인한 장면을 찍은 동영상이 릴스나 쇼츠 형태로 재탄생되어 여기저기 공유되었다. 언론 역시 발 빠르게 보도를 시작했고, 거의 실시간으로 정부도 사태의 심각성을 인지했다.

"지금 사태는 바이러스로 인해 촉발된 것 같습니다. 감염자가 물거나 할퀴면 공격당한 사람이 변하고 맙니다. 상처 부위나 다친 정도에 따라 바이러스 발현 시간은 각기 다르지만, 변하게 된다는 건 마찬가지입니다."

총리가 주재한 화상 대책 회의에서 강남미래대학병원 감염내과 과장은 동영상을 보고 분석한 내용을 보고했다.

바이러스라는 단어에 정부는 민감하게 반응할 수밖에 없었다. 다들 몇 년 전의 팬데믹 상황을 똑똑히 기억했다. 그 시절을 보내며 쌓은 경험치가 있었다. 최우선 과제는 격리였다. 다행히 감염자 중 누구도 연남동을 포함한 홍대 일대를 벗어나지 않았다는 사실을 파악했다.

"섬뜩할 정도로 빠른 발현이 오히려 바이러스 전파를 억제하고 있습니다."

감염내과 과장은 다시 말했다. 감염되고 증상이 나타나기 전까지 이틀에서 길면 일주일까지 걸리는 다른 바이러스와는 달리 이것은 공격당한 즉시 사람을 변하게 만들고, 그 결과 감염자가 도보나 교통수단을 이용해 다른 지역으로 이동할 시간적 여유가 없었다는 게 과장의 설명이었다.

"좋습니다. 그러면 경찰에서 감염자 발생 지역을 차단할 수 있겠습니까?"

총리의 물음에 서울특별시경찰청 청장은 자신만만하게 대답했다.

"버스로 벽 세우는 건 저희 전문입니다."

거기에 더해 수도방위사령부 예하 제56보병사단에서 병력을 동원해 경찰과 함께 임무를 수행하게 했다. 또한 서울시장이 재난안전대책본부의 본부장을 맡으면서 핵심 사안이 빠르게 정리됐다. 화상 회의를 끝내기 전, 총리는 당부의 말을 남겼다.

"감염자를 향한 선제공격은 절대 안 됩니다. 무고한 시민을 향한 발포도 당연히 금지입니다. 대통령께서는 이번 사태를 가능한 한 평화롭고 신속하게 해결하길 바라고 계십니다. SNS를 타고 퍼져 나가는 일부 유언비어에 대해서는 정부 차원에서 대응하겠습니다."

회의가 끝나고 바통은 서울시로 넘어갔다. 내년 지방 선거를 앞둔 서울시장 최명호는 10시 50분, 마포구청에 도착해 재난안전대책본부 실무진을 향해 이렇게 말했다.

“깔끔하고 빠르게, 그리고 시민 다수가 만족할 수 있는 쪽으로 해결합시다.”

그는 알고 있었다. 이미 SNS에는 감염자를 ‘화이트 아이’ 혹은 ‘광견’으로 부르는 사람이 넘쳐난다는 것을. 사람을 다른 이름으로 부르는 이유는 한 가지였다. 그건, 더이상 사람이 아니게 되었기 때문이다.

수혁은 응급실 베드에 누운 아이를 살폈다. 동공 반응이 없고, 발작은 계속됐다. 코피를 흘리고 입가에는 피와 함께 게거품이 묻어 있었다. 전형적인 뇌출혈 증상이었다.

“아이가……..”

미처 입을 떼기도 전에 우렁찬 포효가 수혁의 말을 막았다.

“크아아!”

수혁을 밀어 쓰러트렸던 남자는 침대에 포박된 상태로도 끊임없이 소리를 질러댔다. 천만다행으로 남자가 수혁을 공격하기 전, 간호사들이 달려들어 남자를 구속했지만, 진정제를 투여해도 효과는 없었다고 수간호사 효정이

말했다. 수혁이 잠시 정신을 잃었던 사이 응급으로 온 환
자는 전부 다른 병원으로 이송했다. 문제는 목의 힘줄이
훤히 드러날 정도로 상처를 입고도 길길이 날뛰는 남자였
다. 임시방편으로 묶어두긴 했어도 어떻게 대응해야 할지
아무도 판단하지 못했다.

"김 선생. 그 환자는 누구야?"

5층 병동에 입원한 환자들을 살펴보고 온 정남이 수혁
을 향해 물었다. 그는 원래 나이보다 10년은 더 늙어 보였
다. 미간에는 주름이 가득했고, 뺨은 움푹 들어가 거의 해
골 같았다. 몇 가닥 없는 새하얀 머리카락은 아무렇게나
뻗쳐 있었다.

"15세 소녀고 뇌출혈이 의심됩니다."

수혁이 말했다.

"도망치다가 머리를 심하게 부딪혔어요."

수지 손을 꽉 잡고 있던 서희가 정남에게 말했다.

"안 그래도 정신없는데…… 환자 안 받기로 했잖아!"

정남은 서희 눈치를 보며 수혁에게 말했다. 그때였다.
응급실 간호사 중 한 명이 새된 비명을 질렀다.

"꺄아!"

수혁은 곧바로 뒤를 돌아봤다. 발작하던 남자가 묶인 걸 끊어내고 침대에 앉아 있었다. 남자의 가슴이 심하게 오르내렸고 그때마다 그르렁거리는 소리가 났다.

"잡아요! 못 움직이게!"

그렇게 소리친 수혁 역시 남자에게로 달려갔다. 남자는 침대에서 휙 내려왔다. 그러고는 가까이 있는 간호사 둘을 향해 매서운 시선을 던졌다.

"크아아!"

남자가 포효했다. 공격한다는 신호였다. 그 순간 수혁을 앞질러 야차가 달려 나갔다. 야차는 발을 들어 남자의 가슴팍을 그대로 걷어찼다. 남자는 응급실 벽까지 날아가 처박혔다. 그것으로 끝이 아니었다.

"죽어라!"

야차는 바지 뒷주머니에서 잭나이프를 꺼내 펼치고는 남자를 향해 돌진했다. 야차가 남자의 목을 베려는 찰나, 수혁이 달려들어 뒤에서 끌어안았다.

"안 돼요. 안 됩니다."

수혁이 외쳤다.

"놔!"

"다들 저 사람 붙잡아요!"

야차의 말을 무시한 채 수혁은 간호사들을 향해 외쳤다. 그제야 남자 간호사 셋과 여자 간호사 둘이 쓰러져서 일어나려는 남자에게 달려들었다.

"저 괴물 지금 안 죽이면 나중에 큰일 나. 그걸 몰라?"

야차가 수혁을 노려보며 말했다. 수혁은 차분하게 대답했다.

"괴물이라고 누가 정했습니까? 제가 보기엔 똑같은 환자예요."

"개소리하네! 저게 괴물이 아니면……."

"여긴 병원이에요. 그쪽이 무슨 일하는 사람인진 모르겠지만, 여기선 의사 말을 들어야 합니다."

"씨발. 알았으니까 놔! 남자한테 안겨 있는 거 질색이니까."

야차는 그 말과 함께 두 손을 들어 보였다. 수혁은 야차를 놓아주었다. 그러면서 간호사들에게 말했다.

"그 환자는 일단 지하 기계실에 묶어 놔요. 원장님. 괜찮죠?"

수혁은 정남을 돌아봤다. 그는 말없이 고개를 끄덕였다.

"이제 우리 수지 좀 봐주세요."

어느새 옆으로 다가온 서희가 수혁에게 말했다.

"알겠습니다."

수혁이 다시 수지에게로 다가가는 동안 정남이 옆으로 와 속삭였다.

"어쩌자는 거야? 뇌출혈이면 우린 손 못 쓰는 거 알잖아?"

"응급처치라도 해서 다른 데 보내야죠."

수혁도 속삭였다. 서희는 멀찌감치 떨어져 있어도 두 사람 대화를 놓치지 않았다. 그사이에도 수지는 계속 발작했다. 윤형이 그런 수지를 누르고 있었다. 한 손에는 고양이를 들고. 수혁이 수지에게 다가가 다시 상태를 살필 때 서희가 단호하게 말했다.

"여기서 해결해주세요!"

"네? 저기, 보호자분. 저희도 그러고 싶지만……."

난처한 표정으로 입을 연 정남의 말을 자르며 서희는 또 이야기했다.

"아시잖아요? 지금 다른 병원에 못 간다는 거. 여기서 안 되면 우리 수지는 그냥 죽어요! 두 분도 자식이 있을 거잖아요."

마지막 한마디는 지극히 전략적이었다. 서희는 수지를 위해서라면 더한 일도 할 수 있었다. 감성을 자극하는 닭살 돋는 말도, 아첨도, 그리고 거짓말도.

수혁은 서희와 수지를 번갈아 봤다. 서희 말이 맞았다. 뇌출혈이 분명하다면, 이 아이는 다른 병원에 도착하기도 전에 죽으리라. 게다가 지금은 그곳으로 갈 수 있을지도 확실하지 않았다. 바깥은 전쟁터일 게 분명했다. 소녀는 15세였다. 유나가 살아 있었다면 이 나이가 됐을 것이다. 어쩔 수 없었다. 또래 소녀를 보고 유나를 떠올리지 않는 건 불가능한 일이었다. 그때였다. 수지가 발작을 일으키면서도 손을 뻗어 허공을 쥐려고 했다. 수혁은 그 손을 살며시 잡았다. 따뜻했다. 이 작고 여린 손을 식게 만들 수는 없었다.

"우리가 하죠. 수술."

수혁의 말에 정남은 대번에 정색했다.

"개두술을 하자고? 장비야 그렇다 쳐도 누가 집도해? 난 개두술은 못 해!"

"제가 할게요. 제가 합니다."

수혁이 주머니에서 오른손을 빼면서 말했다. 이번에는 정남도 가만히 듣고만 있지는 않았다. 수혁을 끌고 응급실 구석으로 갔다.

"김 선생. 진심이야? 자네 메스 안 잡은 지 2년 넘었어. 거기다가 아직도 알코올……."

"아시잖아요? 이제 괜찮습니다. 그리고 2년 공백 같은 건 아무것도 아니에요."

"자네가 무슨 맘으로 그러는지 내 알겠는데, 어떻게 걱정을 안 해?"

"자신 있어서 그런 거예요. 맡겨주세요."

늙은 의사는 한때 술독에 빠져 나락까지 떨어졌던 젊은 의사를 물끄러미 봤다. 수혁의 눈빛은 흔들림이 없었다. 확실히 수렁에서 막 건져냈던 2년 전과는 여러모로 달라져 있었다. 잘나갈 때는 천재 뇌신경외과의라 불렸던 수혁이었다. 그 시절 실력의 반만 발휘해도 될지 모른다. 정남은 고개를 끄덕였다.

"그래. 알겠어. 대신, 수술방에는 나도 들어갈 거야. 오케이?"

"네."

수혁이 자신 있는 표정으로 대답했다. 정남은 효정을 보며 말했다.

"1번 수술방 잡아. 닥터 김이랑 나, 그리고 자네와 다른 간호사 한 명 들어간다. 알겠지?"

"알겠습니다."

효정은 그 말을 듣자마자 달렸다. 수혁은 그 뒷모습을 보다가 서희에게 설명했다.

"지금 바로 뇌출혈 수술을 할 겁니다. 보호자 동의가 필요한데 그건 간호사가 안내해줄 겁니다. 긴급 수술이라 일단 구두로 말씀드립니다."

"선생님 보시기에 뇌출혈로 인한 증상이 확실한가요?"

서희는 조심스레 물었다.

"네. 환자가 보이는 모든 반응이 뇌에 이상이 발생했을 때의 전형적인 모습입니다. 그러니 늦기 전에 개두술, 그러니까 머리를 열어봐야 합니다."

"네. 알겠어요. 고맙습니다."

서희는 이해했다는 듯 아랫입술을 깨문 채 뒤로 물러났다.

"그럼, 환자 옮기죠."

수혁은 그렇게 말하고 베드를 밀었다. 정남이 반대편에서 힘을 보탰다. 서희와 윤형, 그리고 야차는 옮겨지는 수지를 따라 1층 로비로 나왔다. 그곳 벽에 걸린 대형 TV에는 한창 속보가 흘러나오고 있었다. 앵커의 격양된 목소리에 모두 멈칫했다.

"현재 서울 마포구 동교동과 연남동은 완벽히 격리된 상황입니다. 이 일대는 지하철은 물론이고 버스 역시 운행을 멈췄습니다. 현재 정부와 서울시는 이번 폭력 사태가 미지의 바이러스에 의한 것으로 보고 있습니다. 현장에 나가 있는 기자 연결해보겠습니다."

앵커의 말이 끝나자 경찰 버스 앞에 서 있는 기자 모습이 보였다.

"네. 저는 지금 동교동과 서교동의 경계에 나와 있습니다. 보시다시피 경찰 버스로 차 벽이 형성된 상황이고, 벽 안쪽에서는 수시로 포효와 괴성이 들리고 있습니다. 현장에서는 아직 감염자들을 제압할 움직임은 보이지 않고 있습니다. 다만 차 벽 가까이 다가오는 감염자에게는 고무탄을 발사해 일종의 경고를 보내는 중입니다. 그럼, 저희 취재팀이 드론 촬영으로 입수한 영상 보여드리겠습니다."

뒤이어 홍대 일대를 하늘에서 촬영한 영상이 흘러나왔다. 거리마다 감염자들이 넘쳐났다. 높은 곳에서 찍어도 감염자들의 회백색 안구는 똑똑히 보였다. 그들은 소리에 반응한 듯 드론을 향해 포효했고, 우르르 달려서 따라가기도 했다. 누구 하나 멀쩡해 보이지 않았다. 끔찍한 상처를 하나 이상 달고 있었다. 그런 이가 족히 수천 명은 되는 듯했다. 동교동에서만 그랬다. 연남동까지 더하면 감염자가 얼마나 있는지, 이 상황에서도 무사한 사람은 또 얼마인지 가늠이 되지 않을 정도였다.

기자가 마무리 멘트를 하며 영상은 끝났다.

"서울시 재난안전대책본부는 현재 감염자의 다른 지역 이동을 막는 한편 폐쇄 구역 내에서 비감염자를 어떻게 구할지에 대해 논의 중인 것으로 알려졌습니다."

"어허. 진짜 이게 무슨 일이야."

정남이 혀를 차며 중얼거렸다.

"서둘러 옮기죠."

수혁의 말에 정남은 곧 다시 베드를 밀기 시작했다. 그 뒤를 서희와 윤형이 따랐다. 그때 야차가 윤형의 어깨를 툭 쳤다.

"고양이는 나한테 넘겨. 카메라랑 같이 들고 있다가 둘 중 하나 떨어뜨리지 말고."

"그쪽은 어떻게 할 겁니까?"

윤형이 고양이를 건네주며 야차에게 물었다.

"여기가 안전해야 내 목숨도 부지하는 거잖아? 그러니 난 1층에서 힘 좀 쓰려고."

야차는 고양이를 조끼 주머니에 쏙 넣으며 대답했다. 그는 씩 웃었고, 그래서 더 험상궂어 보였다.

마포구청에 꾸려 놓은 재난안전대책본부에는 미디어 전담팀이 있었다. 다섯 명으로 이루어진 그 팀은 실시간으로 올라오는 네티즌 반응이나 SNS 게시물을 살피고 각종 기사 및 방송 내용을 모니터해 보고하는 것이 임무였다.

그들 중 한 명은 금요일 정오에 급히 편성된 TV 토론회를 보고 있었다. 여러 분야의 전문가를 모아놓고 이번 사태의 원인 및 대책에 관해 의논한다는 취지로 시작된 토론회는, 사실상 감염자 처분에 초점이 맞춰지며 격론으로 이어졌다.

바이러스 전문가인 한 교수는 감염자 회복에 대해 부정

적이었다.

"바이러스에도 몇 가지 종류가 있습니다. 대부분은 대응 방안이 마련돼 있고요. 하지만 이 바이러스는 어디서 왔는지, 인간을 어떻게 감염시키는지 아무것도 모르는 상태예요! 그런데 감염 속도는 엄청나게 빠르죠. 자칫 잘못하면 전국으로 퍼질 수도 있습니다. 그러기 전에 결단 내려야 합니다. 영상만 보셔도 아시겠지만, 감염자는 더 이상 인간이라 부를 수가 없잖습니까!"

그 말에 즉시 반박한 건 인권변호사였다.

"감염자가 인간이 아니라는 건 누가 판단합니까? 저 사람들도 치료할 수 있을지 아무도 모르는 거잖아요. 교수님은 마치 살처분이라도 해야 한다는 것처럼 말씀하시는데, 이건 대단히 위험한 발상입니다. 저 안에 갇힌 감염자들한테 발포라도 하라는 겁니까?"

대책 없는, 그러나 자극적인 토론은 계속 이어졌다. 이건 재난안전대책본부에서 바라는 방향이었다. SNS 상황도 TV 토론과 별반 다르지 않았다. 구독자 수 200만이 넘는 유명 유튜버는 라이브 방송을 켜고 실시간으로 소통했다. 평소에도 여러 이슈를 물어와 자극적으로 소개하는 것으로 유명한 유튜버였다.

"여러분, 우리 솔직히 다 까놓고 이야기합시다. 지금 인스타만 들어가도 화이트 아이 영상이 수천 개씩 올라와요. 뭐, 유튜브는 말할 것도 없지. 그래서 다들 봤을 거 아냐? 봤지? 봤잖아! 화이트 아이, 그러니까 동태 눈까리 그것들이 어디 사람이냐고? 안 그래요, 여러분? 무슨 바이러스에 처걸렸는진 모르겠지만…… 다른 사람 막 물어뜯고 공격하고 미친개처럼 몰려다니는 게 사람은 아니지! 저것들 그냥 뒀다가 어떻게 처리할 건데? 무슨 병에 걸린 건지도 모르는데. 내 말은 이거야. 마침 탈출 못 하게 다들 가둬놓았으니까 이 기회에 전부 쏴 죽여야 한다니까?"

댓글 창에는 찬성한다는 내용이 주를 이뤘다. 미디어팀은 관련 자료를 추려서 최명호 시장에게 보고했다.

"7대 3 정도로 감염자 처분 쪽 여론이 우세합니다."

"감염자 동영상 계속 내보내고, 감염되지 않은 사람을 살려야 한다는 쪽에 초점 맞춰서 언론에 보도자료 뿌려."

최명호 시장은 담당자에게 지시했다. 그러고는 원래는 구청장 집무실이었지만 이제는 자기 자리가 된 방으로 들어갔다. 마포구청장이 어디에 처박혀 있건 신경 쓸 일이 아니었다. 최명호 시장에게 중요한 건 이 사태를 잘 마무리하는 것이었다. 물론 자기에게 유리한 쪽으로. 그도 잘 알고 있었다. 이대로 아무 일도 없이 지방 선거가 열리면 재선은 물 건너간다. 지금껏 실수한 게 많았고, 그걸 만회하기에는 시간이 부족했다. 그랬기에 극적인 한방이 필요했는데 마침 이번 사태가 발생했다. 최명호 시장은 이것이 역전의 발판이 되리라 확신했다. 그러자면 여론을 몰아가야 했다. 아니, 여론을 거스르지 않는 선에서 해결해야 했다.

집무실로 들어간 최명호 시장은 예정돼 있던 비공개 화상 회의를 시작했다. 참석자는 최명호를 비롯해 네 명이었다. 서울시 경찰청장과 제56보병사단 사단장, 그리고 강남미래대학병원의 조민구 원장이었다.

"시장님. 현재 상황은 어떻습니까?"

조민구 원장이 물었다.

"내부에서는 물고 뜯고 하는 중인데 일단은 지켜만 보고 있습니다. 병원에선 뭐라도 밝혀졌습니까?"

최명호 시장의 지시로 은밀히 감염자 한 명을 빼내 강남미래대학병원으로 이송한 건 30분 전의 일이었다. 이유는 단순했다. 바이러스의 정체와 그 치명성을 밝혀내는 것.

"지금 교수들이 총동원돼서 조사하고 있습니다. 곧 결과가 나올 겁니다."

조민구 원장의 말에 최명호 시장이 덧붙였다.

"아무쪼록 이 사태를 빨리 해결하는 쪽으로 결론이 나면 좋겠군요."

같은 시각, 강남미래대학병원 7층 수술실에서는 극비리에 실험이 진행되고 있었다. 수술 침대에 결박된 채 몸부림치는 남자는 감염자였다. 회백색 눈과 이성을 잃고 날뛰는 행동, 그리고 무엇보다 오른쪽 어깨의 광범위한 열상이 남자가 감염자라는 걸 말해주고 있었다. 머리를 박박 밀어 더 괴물처럼 보이는 남자를 둘러싸고 각 과의 지도 교수가 모두 모였다.

"일단 개복을 합시다."

누군가가 조심스레 말했다.

"마취가 안 되는 상황인데요?"

다른 교수가 말했다. 그의 말대로 다양한 방법으로 마취를 시도했지만 남자에게는 그 어떤 것도 통하지 않았다.

“그렇다고 시간을 마냥 보낼 순 없죠. 시작합시다.”

다들 무언의 동의를 표했고, 그 결과 개복이 진행됐다. 외과 교수가 정교한 손놀림으로 남자의 배를 가른 순간, 선홍빛 장기가 드러났다.

“내장은 이상 없어 보이는데…….”

“그러게요. 심지어 지금은 처음과 달리 심장 박동도 정상 범위입니다.”

“이런 거라면 인간이라는 뜻 아닙니까?”

“그러면 곤란한데요.”

“그렇다고 산 사람을 죽었다 할 순 없잖습니까.”

“다들 초점을 못 맞추신 것 같은데, 회복할 수 있느냐 없느냐가 관건 아닙니까?”

교수들이 남자의 내장을 뒤적이며 그렇게 대화하고 있을 때 그 무리 중 제일 젊은 의사가 남자의 머리 쪽으로 향했다.

“뇌신경외과 차선호입니다. 지금부터 뇌를 살펴보겠습니다.”

선호는 그 말과 함께 무표정한 얼굴을 유지한 채 남자의 머리에 메스를 가져다 댔다. 단번에 두피를 절개한 선

호가 드릴로 머리뼈에 구멍을 내는 동안에도 남자는 계속
버둥거렸다. 선호는 실제 개두술을 할 때보다 훨씬 넓은
범위로 머리뼈를 잘라냈다. 그러고는 뇌를 그야말로 활짝
열었다. 그 순간 선호의 표정이 살짝 일그러졌다.

"이런 건 처음 보는데……."

"차 교수. 왜 그래?"

다른 교수가 물었다. 선호는 남자의 머릿속을 가리키며
말했다.

"뇌 전체에 종양이 가득합니다. 남자가 평소에 뇌종양
을 앓고 있었다 하더라도 이 정도면 이미 예전에 사망했
을 겁니다. 제 의견입니다만, 미지의 바이러스는 인간의
뇌를 바로 공격하는 것 같습니다. 삽시간에 형성된 종양
은 뇌를 자극할 테고 그것이 비정상적인 공격으로 이어지
지 않나 생각합니다."

"그러면 말이 되네."

"바이러스가 뇌에 치명적으로 작용하는 사례는 제법
되니까."

다른 교수들 역시 대번에 동의했다. 그러면서 어쨌든
서둘러 수술실을 빠져나가고 싶어 했다. 그러나 그건 바

람에 불과했다. 배가 갈리고 머릿속이 통째로 드러난 남자는 교수들을 쉽게 보내줄 생각이 없었다. 그가 온 힘을 다해 발광하자 결박은 싱거울 정도로 쉽게 풀려버렸다. 그것도 팔다리 모두.

"어어!"

누군가가 그런 쇳소리를 냈을 때는 남자가 이미 수술실 베드에서 훌쩍 내려와 교수들을 향해 으르렁거리기 시작한 뒤였다. 반으로 갈린 복부의 피부는 펄럭이고 있었고 그 안의 내장이 쏟아지듯 밖으로 튀어나왔다. 남자가 포효했다.

"크아아!"

"으악!"

교수들은 한 덩어리로 모여 벌벌 떨 뿐 꼼짝도 하지 못했다. 그때였다. 내내 남자 뒤에 서 있던 선호가 메스를 고쳐 쥐더니 발소리를 죽이며 다가갔다. 그러고는 남자의 뇌를 메스로 찌른 뒤 마구 헤집기 시작했다. 효과가 있었다. 광분하던 남자는 벼락이라도 맞은 듯 크게 움찔하다가 이내 푹 쓰러졌다.

"주, 죽은 거야?"

교수 중 한 명이 물었다. 선호는 남자의 맥박을 짚으며 말했다.

"네. 사망했습니다."

메스를 수술 가운에 아무렇게나 닦은 뒤 선호가 말을 이었다.

"원장님께는 제가 보고하겠습니다. 그래도 되겠죠?"

아무도 반대하지 않았다.

홍대푸른병원 1번 수술실은 또 다른 전쟁터였다. 수지는 수술대 위에 누워 있었다. 발작은 멈췄지만 수지에게 연결된 각종 기기의 그래프는 널을 뛰고 있었다. 모여 있는 사람들 중에 제일 애를 먹는 건 마취과 의사였다. 그는 도무지 이해할 수 없다는 듯 외쳤다.

"프로포폴을 정량 투약했는데, 환자가 곧 깨어날 것 같습니다. 마취가 통하지 않아요! 이런 적은 처음입니다."

"시간이 얼마나 남았죠?"

수혁이 물었다.

20분, 아니 길어야 15분입니다."

"머리는 열었으니 그 안에 해결해봅시다."

수혁의 솜씨는 명불허전이었다. 그의 말대로 2년의 공백은 아무것도 아니었다. 메스를 다루는 것부터 수술실을 장악하는 카리스마까지, 천재 뇌신경외과의라고 불리던, 강남미래대학병원의 에이스로 활약하던 그때의 수혁으로 돌아와 있었다.

"선생님. 그런데 환자 팔에 긁힌 상처가 크게 있습니다."

효정이 수지의 오른팔을 들어 보이며 말했다.

"아무래도 사람이 손톱으로 할퀸 것 같은데."

"원장님. 여기 집중해요. 그건 나중에 치료하고."

수혁은 그 말과 함께 수지의 뇌를 살폈다. 겉으로 드러난 뇌출혈은 없었다. 이상하다고 생각하며 더 안쪽을 살피던 수혁이 자기도 모르게 중얼거렸다.

"이게 뭐야?"

선호는 원장실에서 자기가 발언할 순간을 기다리고 있었다. 조민구 원장은 다른 이들과 화상 회의 중이었다. 선호가 아는 얼굴이라곤 서울시장뿐이었다. 한껏 지친 표정의 그가 원장을 향해 물었다.

"결과가 나왔다고요?"

“네. 마침 병원을 대표하는 뇌신경외과 교수가 결정적인 정보를 가지고 왔습니다. 닥터 차. 시장님께 말씀드리지.”

선호는 눈치가 빨랐고, 그걸 바탕으로 지금의 자리에 올랐다고 해도 과언이 아니었다. 물론 마땅한 실력도 지니고 있었다. 야심도 컸다. 그저 평범하게 진료만 하다가 의사 생활을 끝내고 싶지는 않았다. 그러려면 줄을 잘 서야 하고, 그 기회가 자기에게 왔다는 걸 선호는 알아챘다.

“안녕하십니까? 뇌신경외과 차선호입니다. 감염자를 조사한 결과 뇌에서 치명적인 종양을 발견할 수 있었습니다. 바이러스에 의해 형성된 이 종양은 끊임없이 증식하며 인간의 통제 능력을 빼앗아갑니다. 아직 정체가 밝혀지지 않은 이 바이러스는 그런 의미에서 치료하는 것이 불가능합니다.”

확신에 차 말하는 선호가 꽤 마음에 든 듯 최명호 시장은 빙긋이 웃었다.

“명쾌하게 말씀하시니 듣기 좋네요. 그러면 감염자 모두 치료가 불가능한 상태, 그러니까 다시는 평범한 인간으로 돌아오지 못하는 상태라고 발표해도 되겠습니까?”

“다수의 종양을 제한된 시간 안에 모두 제거해야 간신

히 치료의 길이 열리는데, 제가 아는 한 그렇게 수술할 수 있는 의사는 전 세계 어디에도 없습니다."

선호가 다시 말했다.

"좋네요. 그러면 감염자 몰살 작전에 힘이 더 실리는군요. 경찰과 군 쪽도 준비는 다 하신 거죠?"

최명호 시장이 물었다.

"네."

"명령만 기다리고 있습니다."

서울시 경찰청장과 사단장도 고개를 끄덕였다. 최명호는 입단속을 할 겸 말을 더 이었다.

"이 같은 조치는 윗선에서도 원하고 있습니다. 사회적 비용을 고려했을 때 어떤 게 옳은가는 분명하지만, 아무래도 인권 문제가 있어 조심스러운 입장이었는데 이렇게 의학적 결론이 났으니 망설일 필요는 없겠죠."

"네."

이번에는 조민구 원장이 대답했다.

"그러면 여론몰이를 시작하겠습니다."

시장은 자못 즐겁다는 듯 이야기했다.

수혁은 눈앞에 펼쳐진 광경을 믿지 못해 두 번이나 눈을 깜박였다. 물론, 절대 잘못 본 건 아니었다. 다만 상식적으로 받아들일 수 없는 상황이라 당황했을 뿐이었다.

"왜 그래?"

정남이 당장 물어왔다.

"종양이…… 종양이 가득해요."

수혁은 대답했다.

"뭐? 뇌출혈이 아니고 뇌종양이라고?"

"아뇨. 일반적인 뇌종양이 아니에요. 크고 작은 종양이 여러 개 자리 잡고 있어요. 전두엽 쪽으로. 발작을 일으킨 건 이것 때문일지도 몰라요."

수혁이 말하며 메스를 가져다 댔다. 정남은 기겁했다.

"아무리 자네라도 이 환경에서 종양 제거를 어떻게 해? 그것도 한둘이 아니라며?"

"해봐야죠! 이 아이를 살릴 수만 있다면."

14분 정도도 안 남았어요."

마취과 의사가 소리쳤다.

"종양 제거 들어갑니다."

수혁은 그 말과 함께 온 신경을 메스 끝에 집중했다. 가

장 큰 종양은 전두엽 오른쪽에 돋아나 있었다. 척 보기에
도 악성이었다. 수혁이 솜씨 좋게 그걸 도려내자 수간호
사 효정이 재빨리 다가와 트레이를 내밀었다. 거기에 떼
어 낸 종양을 던져 넣은 수혁은 두 번째 종양 제거 작업에
들어갔다. 다음 종양은 더 빨리 제거했다. 그 옆으로도 몇
개가 더 보였지만 이 속도라면 14분 안에 마무리할 것 같
았다. 변수만 없다면.

하지만 수혁이 우려하던 변수가 발생했다.

서희는 윤형과 함께 수술실 앞을 서성이고 있었다.

"별일 없겠지?"

벌써 네 번째 같은 질문을 했다. 윤형은 그때마다 웃는
얼굴로 대답해줬다.

"네. 괜찮을 거예요."

서희는 거짓말한 게 마음에 걸렸다. 어떻게든 치료를
받게 하고 싶어 했던 말이 부메랑이 되어 돌아올 것만 같
아 불안했다. 괜히 수지 머리만 열고 치료도 못 하는 게
아닐까? 엉뚱한 개두술을 하는 동안 골든타임을 놓치는
건 아닐까? 무엇보다…… 수지가 변해서 다른 사람을 해

치기라도 하면…….

분명 의사는 자신만만하게 말하긴 했다. 뇌의 이상에서 비롯한 증상이 확실하다고. 하지만 서희는 잘 알고 있었다. 전문가의 확신이야말로 가장 경계해야 한다는 걸.

"이름이 김수혁이라고 했어."

서희 머릿속 한구석에 키 큰 그 남자 의사 이름이 낚싯바늘처럼 꿰어서 좀처럼 떨어질 생각을 안 했다. 이름이 낯설지 않았다. 조금 정신을 차린 지금, 그 감각은 더 선명해졌다.

김수혁.

분명히 아는 이름이었다.

서희는 복도에 쭉 걸린 각 과목 의사 이름과 사진, 그리고 약력을 새삼 바라봤다. 김수혁은 뇌신경과 담당의였다. 그 이전에는…… 강남미래대학병원 뇌신경외과 과장이었다. 그걸 본 순간 서희의 심장이 요동쳤다.

설마…… 하면서도 핸드폰을 꺼내 들었다. 그러고는 '재영초등학교 테러'라고 포털사이트에서 검색했다. 곧바로 관련 내용이 떴다.

사건은 2년 전에 일어났다. 범인 이종우는 오전 11시,

수업이 한창 진행 중이었던 재영초등학교에 망치를 들고 들어갔다. 때마침 정문 경비가 자리를 비운 터라 누구도 그를 제지하지 못했다. 이종우는 휴대한 망치를 이용해 5학년 1반 교실의 학생들과 담임선생님을 공격했고, 그 결과 학생 셋과 담임이 현장에서 즉사하고 다섯 명이 중상을 입어 병원으로 이송됐다. 그 후에도 이종우의 악행은 멈추지 않았다. 그는 곧장 2반으로 향했는데 그때는 상황의 심각성을 안 선생님의 기지로 교실의 앞과 뒤 모두 문을 잠근 상태였다. 그리고 경찰이 재영초등학교로 향하고 있었다. 이종우는 계단을 내려가 4학년 교실로 향했고, 불행히도 4학년 3반 교실은 앞문 잠금장치가 고장나 있었다. 3반으로 들어간 이종우는 담임선생님의 극렬한 저항에 주춤하다가 역시 망치를 휘둘러 그를 살해한 후 도망치는 학생들을 쫓아가 두 명에게 치명상을 입힌다. 경찰이 도착했다. 이종우는 투항하는 대신 자살을 선택했고, 4층에서 곧장 뛰어내려 머리에 큰 부상을 입었다.

2년 전의 참혹한 사건은 아직도 회자 중이었고, 인기 많은 관련 동영상도 상단에 떠 있었다. 그건 서희가 너무나도 잘 아는 영상이었다. 그걸 재생했다.

남성 앵커가 흥분한 목소리로 뉴스를 전하고 있었다.

"망치를 휘둘러 죄 없는 어린 학생과 선생님 등을 죽이고 중상을 입힌 희대의 살인마 이종우를 살린 이는 바로 강남미래대학병원의 뇌신경외과 전문의 김수혁 교수로 밝혀졌습니다. 단지 병원에 먼저 도착했다는 이유만으로 피해 아동보다 범인을 우선으로 수술한 의사의 선택은 과연 옳았을까요? 이 의사가 누군지 단독 취재에 성공한……."

"젠장."

서희는 그렇게 중얼거리며 핸드폰을 껐다. 심장이 꽉 조여오는 느낌이었다. 편두통이 엄습했다. 보이지 않는 딱따구리가 왼쪽 머리를 쿡쿡 찔렀다. 조금 있으면 미친 듯이 쪼아댈 게 틀림없었다.

"선배. 잠깐 이것 좀 보실래요?"

서희가 계속 서성이고 있을 때 윤형이 카메라를 들고 다가왔다.

"뭔데?"

"아까 1층에 내려가서 잠깐 찍었거든요."

윤형은 그 말과 함께 카메라의 패널을 펼쳐 서희에게

보여주었다. 카메라에는 병원 바깥을 돌아다니는 감염자들 모습이 생생하게 찍혀 있었다. 회백색 눈을 하고서 이곳저곳을 두리번거리는 모습과 포효하며 어딘가로 달려가는 모습, 거기다가 시체처럼 쓰러져 있던 사람이 벌떡 일어나 거리를 배회하는 모습까지…… 그야말로 밀착 취재라 부를 만했다.

"이거 쓸 만한데?"

서희의 촉이 발동했다. 기자 출신 앵커인 자기가 있다. 촬영 잘하기로 소문난 윤형도 있다. 이 조합이면 야차를 인터뷰하는 것보다 몇 배, 아니 몇십 배는 더 강렬하고 충격적인 내용을 단독 보도할 수도 있겠다고 서희는 생각했다.

"그렇죠? 이건 잘만 살리면 대박 날 것도 같아요. 그런데 그 소식 들었어요? 감염자들 전부 사살하는 쪽으로 결정했대요."

"뭐? 사살이라고?"

너무 어이가 없어 큰 소리로 되물었다.

"네. 바이러스에 감염된 거고, 그게 어떤 식으로 퍼져 나갈지도 모르는데다가 감염자는 더 이상 인간이 아니래요. 치료할 수도 없고. 그래서 사살한다고……."

윤형이 설명하던 그 순간이었다.

수술실 안에서 찢어질 듯한 비명이 울려 퍼졌다. 서희와 윤형은 서로를 마주 본 후 누가 먼저랄 것도 없이 수술실로 달려갔다.

수술실 문을 열고 들어간 서희가 제일 먼저 본 건 수지였다. 머리카락이 다 밀린 수지는 머리 일부가 절개된 그대로 수술대 위에 우뚝 서 있었다. 눈은 부릅떴지만 초점이 없었고, 머리에서 흘러내린 피로 푸른색 수술복이 젖은 상태였다. 수혁을 비롯해 의료진 모두 감히 수지에게 다가가지 못하고 지켜만 보는 중이었다.

"수지야……."

겁을 먹은 건 서희도 마찬가지였다. 수지가 자기 딸처럼 보이지 않았다. 수술대 끝에 위태로이 서서 먹잇감을 고르듯 아래를 쓱 훑어보는 저 아이는 흡사…… 괴물처럼 보였다. 수지는 고개를 자꾸 저었다. 홱홱, 좌우로 계속 왔다 갔다 하는 고개는 수지의 의지를 벗어나 저 혼자 움직이는 또 다른 생물 같았다.

"어떻게 된 겁니까? 수지, 그냥 넘어진 게 아니죠?"

어느새 수혁이 다가와 물었다.

"팔에 할퀸 자국이 있던데 설마 감염된 겁니까?"

정남도 질문 공세에 가세했다.

"네. 사실대로 말 못 해서 죄송합니다. 감염자에게 쫓기다가 공격당했어요."

"그런데 왜……."

수혁이 혼잣말로 중얼거렸다.

"뭐가요?"

이번에는 서희가 수혁에게 물었다. 그때 형형한 기운을 내뿜으며 서 있던 수지가 풀썩 쓰러졌다. 실 끊어진 인형처럼.

"바이탈 체크부터 해요."

수혁이 소리쳤다. 서희는 수지에게 다가가려다가 멈칫했다. 이 상황에서는 자신이 끼어들면 안 된다는 냉철한 판단이 머릿속을 채웠다. 간호사 둘이 쓰러진 수지에게 조심스레 다가가더니 기계 장치를 연결하기 시작했다.

"수지…… 가망이 없는 건가요?"

서희는 천천히 눈을 끔벅이는 딸을 보며 공허한 질문을 던졌다. 감염자가 어떻게 되고, 어떤 짓을 벌이는지는 이미 잘 알고 있었다. 만약 수지도 그렇게 변한다면…….

“종양을 완벽히 제거하면 치료가 가능할지도 모릅니다.”

수혁의 말에 서희는 깜짝 놀랐다.

“종양이요?”

“애 머릿속에 종양이 수두룩해요. 그 탓에 발작을 일으키는 것 같고!”

정남이 끼어들었다.

“정말인가요?”

서희의 물음에 정남이 뭔가 더 말하려 했지만, 수혁이 재빨리 입을 열었다.

“큰 종양 다섯 개는 제거했는데 아직 더 남았습니다. 그런데 그것보다 더 걱정인 건 종양이 계속 생겨난다는 겁니다. 하나를 제거하면 하나가 또 생기는 식으로. 이게 이번 바이러스의 작용 형태고, 이 종양 탓에 감염된 사람이 이상 행동을 하는 것 같은데…….”

“그러면 치료할 수 있다는 거예요?”

“이론상으로는. 뇌의 모든 종양을 제거한다면, 동시에 종양을 만들어내는 모체를 없앤다면 치료도 가능하겠죠.”

“그런 거라면 빨리 해주세요!”

서희의 말에 정남이 기어코 다시 끼어들었다.

"그게 그리 쉬운 일이 아닙니다. 우리 병원 의료 기기로는 지금이 한계예요. 뇌를 다 뒤지려면 더 정밀한 현미경도 필요하고……."

"김수혁 선생님. 당신 천재 뇌신경외과 교수잖아요! 선생님이라면 할 수 있잖아요!"

"저를 아세요?"

수혁이 물었다. 서희는 잠시 망설이다가 이야기했다.

"물론이죠. 강남미래대학병원 차기 원장감이라는 말까지 들었지만, 한 번의 실수로……."

"됐습니다. 지난 이야기는 그만하죠."

서희와 수혁이 그런 이야기를 하는 사이 수지를 살피던 효정이 말했다.

"선생님. 환자는 안정적입니다. 바이탈도 정상이고 자가 호흡도 가능합니다."

그 말을 듣고 서희는 수지를 돌아봤다. 수지는 수술대에 똑바로 누운 채 고개만 이쪽으로 향하고 있었다. 서희는 수혁에게 다시 말했다.

"제 딸을 살려줘요! 그러면 선생님도 명예 회복을 할 수 있을 거예요. 그럴 수 있도록 제가 적극적으로 돕겠습니다."

"어허. 거 답답하네요. 우리 병원에선 여기까지가 한계라니까요!"

정남이 정말로 답답하다는 듯 가슴까지 치며 말했다.

"지금 밖에선 난리가 났어요. 감염자를 모두 사살하겠다고 결정했다고 해요! 바깥쪽 전문가들은 감염자의 치료 가능성이 없다고 보고 있어요. 그런데 선생님은 할 수 있다는 거잖아요. 선생님이 수지를 치료해서 감염자도 회복 가능하다는 것만 증명해내면, 바깥에 있는 수천 명을 살릴 수 있어요! 그러면 당신은 피해 아동보다 범인을 먼저 살릴 냉혈한이라는 오명을 벗고……."

"그건 중요하지 않아요. 어디까지나 이론상으로 그렇다는 거지, 수지가 완전히 회복해 인간성을 되찾는다는 건 저 역시 장담할 수 없습니다."

그 순간이었다.

"엄마……."

거짓말처럼 그런 소리가 들려왔다. 놀란 서희가 고개를 돌렸다. 수지는 서희에게 보일 듯 말 듯 미소 짓다가 스르르 눈을 감았다.

"수지야!"

딸에게 달려가려던 서희는 고개를 돌리고 수혁에게 말했다.

"보셨죠? 우리 딸은 감염자이긴 하지만 괴물은 아니에요! 바깥에 있는 사람들도 마찬가지고요. 치료할 수 있어요! 치료해주세요. 다른 병원으로 옮길 수 없다는 거 다들 아시잖아요? 여기서 해결 못 하면 끝이에요. 우리 수지도, 그리고 다른 감염자들도."

서희는 자기 머리카락을 쥐어뜯으며 좁은 수술실을 왔다 갔다 했다. 수혁은 잠시 생각에 잠겼다. 이론상으로는…… 가능했다. 고성능 현미경만 마련할 수 있다면, 그래서 종양의 모체까지만 제거할 수 있다면……. 하지만 시간이 너무 없었다. 수지의 의식이 잠시 돌아온 건 순전히 몇 개의 거대 종양을 제거했기 때문일 텐데 이 순간에도 머릿속에서는 다른 종양이 자라고 있을 터였다. 지난 2년간 겨우 떨쳐냈다고 생각했던 무력감이 수혁을 엄습했다. 유나는 수혁이 보는 앞에서 죽었다. 그가 직접 집도했지만 끝내 딸을 살리지 못했다. 같은 실수를 반복하고 싶지 않았다. 그런 마음 때문인지 수지 얼굴에서 자꾸 유나가 겹쳐 보였다. 수혁은 눈을 질끈 감았다가 떴다.

"저…… 저는 나가 있을까요? 좁은데 방해만 되는 것 같아서."

수술실 안의 침묵을 깬 이는 윤형이었다. 서희는 후배를 돌아봤다. 카메라에 빨간 불이 들어와 있었다. 그건 작동 중이라는 뜻이었다.

"찍고 있었어?"

서희가 묻자 윤형은 주눅 든 표정으로 고개를 끄덕였다.

"습관적으로."

"잠깐만!"

서희는 한층 더 분주하게 수술실을 왔다 갔다 했다. 그걸 본 정남이 한마디 하려 했지만 수혁이 말렸다.

"왜, 왜 그러세요?"

윤형이 다시 물었다. 그제야 서희는 움직이던 걸 멈추고 윤형과 수혁을 번갈아 봤다. 눈이 반짝이고 있었다.

"계속 찍어! 멈추지 마. 지금부터 여기서 벌어지는 모든 일, 그리고 병원에서 벌어지는 모든 일도 유튜브 라이브로 내보낸다. 독점 생중계하는 거야. 우리 방송사 채널 이용해서. 아까 찍은 영상 중에서 수지가 나한테 엄마라고 한 거, 그걸 인트로에 넣고 방송 시작하는 거야. 유튜브로 송출하는 거 가능하겠어?"

"가능이야 한데…… 국장님 허락 없이 해도 될까요?"

윤형은 자신 없는 투였다.

"야! 남 피디. 우리가 해야 할 건 감염자가 치료 가능하다는 걸 증명하는 거야. 그러기 위해선 미디어 힘을 빌릴 수밖에 없어. 하자. 이곳에서 생중계."

서희의 말에 이번에야말로 정남이 참지 못하고 소리를 빽 질렀다.

"누구 맘대로 수술실을 찍겠다는 거요?"

"원장님. 이건 이 병원에도 좋은 거예요. 모르시겠어요? 기회라고요, 기회!"

무슨 기회인지는 모르겠는데 서희의 기세에 밀려 정남은 아무 말도 못 했다. 결국 수혁이 나섰다.

"라이브 방송이 정말 도움이 된다고 생각하세요?"

"네. 이걸 통해 책임자들을 압박할 수 있을 거예요. 그러면 감염자 사살 계획도 일단은 유보되겠죠. 그것만으로도 효과가 클 테고, 무엇보다 수지의 추가 수술을 위한 장비나 인력을 지원받을 수도 있겠죠."

서희는 자신 있게 말했다. 수혁은 잠시 고민하다고 고개를 끄덕했다.

"좋습니다. 해봅시다."

그 말이 떨어지기 무섭게 서희는 수혁 옆에 붙어 섰고, 윤형이 능숙한 동작으로 두 사람에게 카메라 초점을 맞췄다.

증명

새끼 고양이가 먹을 거라곤 말린 육포가 다였다. 그것도 덩치 큰 간호사에게 겨우 뺏은 식량이었다. 야차는 정수기에서 따뜻한 물을 받아 와 육포를 담갔다. 그동안에도 고양이는 애처롭게 계속 울었다.

"잠깐 기다려. 간이 세고 딱딱해서 바로 먹을 수 없어."

야차는 고양이 머리를 살며시 긁어주며 말했다. 고양이는 기분이 좋은지 골골거렸다. 육포가 충분히 붇는 동안 핸드폰을 꺼내 들었다. 1층은 현재로서는 안전했다. 병원의 남는 인력을 모두 불러 모아 1층 방비를 주도한 건 야차였다. 대부분 겁에 질려 있었기에 말을 잘 들었다. 자신의 화려한 복장과 문신, 그리고 피어싱도 그들의 동기부여에 한몫했다는 걸 야차는 굳이 부인하지는 않았다. 대기실 의자를 끌고 와 문 앞에 세워서 아무도 못 들어오게 막았고, 창문에도 골판지나 침대 시트를 붙여 밖에서 안을 들여다보지 못하게 만들었다. 야차가 보기에 감염자들은 지능이 낮았다. 생각이란 걸 할 줄 모르니 먼저 자극하지만 않으면 되는 것이다. 모든 문을 잠그고 봉쇄한 지금, 이 병원은 어느 곳보다 안전했다.

"씨발. 어디서나 난리네."

유튜브에 들어간 야차는 대부분 영상이 이번 사태와 관련된 걸 보고 혀를 찼다. 그는 연남동 토박이였다. 연남동이 지금처럼 핫플레이스가 되기 전부터 이 일대를 누볐다. 그때는 그저 촌티 풀풀 날리는 낡은 동네였는데, 야차가 고등학교에 진학하고부터 서서히 바뀌기 시작했다. 그 무렵 야차는 이미 인근 고등학교까지 악명을 떨치는 일진으로 성장해 있었다.

"잠깐! 다 죽인다고?"

야차는 지금 상황을 요약한 동영상을 보고 얼굴을 찌푸렸다. 감염자는 치료하는 게 불가능하고, 더 이상 인간이 아니기에 사살을 통해 폐쇄 지역 주민을 구한다는 게 방침이라 했다.

그래도 싹 다 죽인다니 너무한 거 아냐?

놈들은 물론 괴물 같았다. 아니, 괴물이었다. 그래도 이 짧은 시간 동안에 치료 불가라는 판단을 내렸다는 걸 믿을 수 없었다. 그때 또 다른 영상이 야차의 눈에 들어왔다. 그걸 보고 야차는 그야말로 깜짝 놀랐다.

"씨발. 뭐야?"

그는 이 병원 수술실이 분명한 배경에서 카메라를 정면으로 보고 선 의사와 그 여자, 이름이 서희라고 했던 앵커를 내려다봤다. 라이브 방송 중이었다. 서둘러 재생했다.

"시청자 여러분, 안녕하십니까? 앵커 강서희가 홍대에서 속보를 전합니다. 중요한 사실부터 말씀드리겠습니다. 인트로에서 보셨던 소녀, '엄마'라고 말했던 그 아이는 바이러스에 감염되었지만 수술을 통해 회복되고 있고 이렇게 안정적인 상태로 누워 있습니다. 아이의 이름은 조수지, 제 딸입니다."

야차는 댓글 창을 확인했다. 그야말로 빛의 속도로 올라가고 있었다. 댓글 달리는 속도가 너무 빨라 무슨 내용인지 일일이 읽기도 힘들었다. 서희는 말을 이었다.

"수지는 현재 홍대푸른병원의 김수혁 선생이 집도해 뇌 안의 종양 다수를 제거한 채 회복 중입니다. 다른 감염자와 달리 공격성을 보이지도 않습니다. 김수혁 선생은 정밀한 의료 기기만 있다면 수술적 치료로 감염자를 낫게 할 수 있다고 말합니다. 그러니 감염자에 대한 사살 명령은 철회되어야 합니다! 그들은 병에 걸렸을 뿐입니다. 치료할 수 있습니다! 김수혁 선생이 그걸 증명해낼 겁니다!"

야차는 열변을 토하는 서희를 보며 씩 웃었다.

"이야. 이 아줌마 확실히 보통은 아니네."

그사이 고양이가 다시 보챘다. 야차는 물에 불린 육포를 꺼내 가늘게 찢은 다음 고양이 입에 넣어주었다. 그런 뒤 다시 라이브 방송에 집중했다.

조민구 원장은 자리에 앉아 도시락을 먹고 있었다. 원래라면 일식집에서 점심 약속이 있을 예정이었지만, 상황이 상황인 만큼 다음으로 미뤘다. 총무과장이 사 온 특제 도시락은 별로 맛이 없었다. 아니다. 도시락 맛은 괜찮은데 자기 입맛이 떨어져서일지도 모른다고, 조민구 원장은 생각했다.

강서희의 유튜브 라이브는 그만큼 밥맛 떨어지는 일이었다.

"어떻게 생각해?"

조민구 원장은 소파에 앉아 대형 TV를 들여다보는 선호를 보며 물었다. 그는 물만 한 잔 마시겠다고 했는데 그게 반도 줄어들지 않았다.

"그 많은 종양을 다 제거한다는 건 불가능합니다."

선호는 무표정하게 대답했다. 그사이에도 서희는 멈출 줄 모르고 떠들어댔다.

"저는 상급 병원, 특히 강남미래대학병원에 호소합니다. 이곳, 홍대푸른병원으로 의료 기기와 의료진을 보내주십시오. 그러면 김수혁 선생이 제 딸을 수술해 치료해 보일 겁니다! 그럼, 지금부터 김수혁 선생의 이야기를 들어보겠습니다."

서희는 그 말과 함께 옆으로 조금 물러섰고, 내내 안절부절못하며 서 있던 수혁에게 카메라 초점이 맞춰졌다. 수혁은 거칠게 올라온 턱수염을 쓸었다.

“오랜만이군, 닥터 김. 안 그래?”

“그러네요.”

이번에도 무표정을 유지한 채 선호가 대답했다. 그러고는 화면 속 수혁을 쏘아봤다.

“저는 홍대푸른병원에서 일하고, 강서희 앵커가 한 말은 모두 사실입니다. 감염자의 뇌 속 종양을 제거하면 변하는 걸 막고, 원래대로 되돌릴 수 있습니다. 물론 그러자면 미세 수술에 필요한 현미경이 있어야 합니다. 여기 있는 거라곤 메스와 드릴뿐입니다. 현미경이 있어야 종양의 모체를 찾아낼 수 있습니다.”

수혁이 이야기하자 댓글은 더 폭발적으로 달렸다. 그걸 보고 있자니 현기증이 일 정도였다. 조민구 원장은 도시락 뚜껑을 닫고 저만치 밀어놓았다. 밥맛이 한층 떨어졌다.

“이 영상을 보시는 분은 여러 곳으로 공유해주세요! 여기 김수혁 선생이 감염자 역시 인간임을 증명할 수 있게 도와주세요!”

서희가 다시 떠드는 걸 보며 조민구 원장은 TV를 껐다. 공중파로 채널을 돌린다 해도 저 유튜브 라이브를 언

급할 게 뻔했다. 그렇게 생각하자 갑자기 위액이 올라오며 속이 쓰렸다. 조민구 원장은 얼굴을 찡그리며 말했다.

"김수혁 교수를 이런 식으로 다시 보게 될 줄은 몰랐어. 안 그래?"

"네. 알코올중독에서 벗어났단 이야기는 얼핏 전해 들었지만……."

"아무튼, 골치 아프게 됐어. 김수혁에다가 저 앵커까지 붙었으니까. 강서희 앵커, 유명하잖아."

"강서희……."

선호는 생각에 잠긴 표정으로 그 이름을 되뇌었다.

"왜? 개인적으로 아는 사인가?"

"아뇨. 많이 들어본 이름이다 싶어서요."

"당연하지. 8시 뉴스 메인에다가 거의 연예인이나 다름없으니까."

조민구 원장이 거기까지 말했을 때였다. 책상 위에 올려둔 그의 핸드폰이 요란하게 진동했다. 그는 발신자를 확인했다. 최명호. 빌어먹을 서울시장이었다.

"그럼, 전……."

그 말과 함께 선호가 일어나려 하자 조민구 원장은 앉

으라고 손짓한 뒤 전화를 받았다.

"시장님."

"원장님도 보셨죠?"

최명호 시장은 바로 본론으로 들어갔다. 흥분했는지 목소리 끝이 파르르 떨렸다.

"네. 봤습니다."

"내가 저 방송국도 그렇고, 저 여자 앵커도 그렇고 아무튼 못마땅했는데 결국 대형 사고를 치네요. 젠장. 지금 저 라이브 보는 사람이 10만 명이 넘는답니다!"

"그러면 파급력이 무척 크다는 뜻이군요."

조민구는 단어를 골라가며 신중하게 대답했다. 최명호 시장과는 여러 관계로 얽혀 있었다. 심기를 건드리고 싶지 않았다.

"그건 그렇고, 도대체 어떻게 된 겁니까? 원장님은 분명 치료 불가능이라 하지 않았습니까?"

올 게 왔다. 시장은 병원 쪽으로 화살을 돌리려 하고 있었다. 개새끼. 조민구 원장은 속으로 중얼거렸다.

"그것이…… 현실적으로는 분명 불가능한데, 저 여자가 일부러 더 과장해서 이야기하는 면이 없지 않아 있습니다."

"근데 그 없지 않아 있는 면이 부각되면서 졸지에 여론이 반전됐습니다! 지금 현장에는 인권 단체가 떼로 몰려가서 시위를 시작할 거랍니다. 그것만이 아니에요. 위에서 지시가 내려왔어요."

"지시라면?"

"사살 작전 당분간 금지. 그리고…… 홍대푸른병원에 의료 기기와 의료진을 투입할 것."

"네?"

조민구 원장은 그렇게 되물으며 눈을 질끈 감았다. 양쪽 관자놀이가 쿡쿡 쑤셨다. 혈압이 오른다는 뜻이었다.

"지금 수방사에서 그쪽으로 군용 수송 헬기를 보낼 겁니다. 그사이 그 우라질 미세 현미경인지 뭔지하고 의료진 구성해서 모아놓으세요. 위에서 말하더군요. 이 정도로 화제가 되었으니 어쨌든…… 시늉이라도 해야 한다고."

"그러면……."

최명호 시장은 그대로 전화를 끊었다. 조민구 원장은 핸드폰을 한참 노려보다가 탁 소리가 나게 내려놓았다.

“무슨 일입니까?”

선호가 물었다. 그 순간 조민구 원장의 머릿속이 빠르게 돌아갔다. 시장의 지시, 아니 그보다 더 위에서 내려온 지시를 어길 수는 없었다. 병원으로서는 가능한 자원을 동원해 지원해야 했다.

“자네가 다녀와야겠어.”

“어디를…….”

말끝을 흐리는 선호에게 조민구 원장은 못을 박듯 말했다.

“홍대푸른병원.”

“네?”

“지시가 떨어졌어. 위에서도 저 라이브 방송의 위력을 무시할 수 없다고 판단했나 봐. 우리 쪽에서 의료진과 미세 현미경을 지원해야 해. 조금 있으면 군용 헬리콥터가 올 거야. 이 일, 자네가 맡아줘.”

선호는 곰곰이 생각하다가 대답했다.

“알겠습니다. 가서 수혁 선배를 도와…….”

“하하. 아니야! 아니라고. 차 교수. 아니야. 알아들어?”

한참 웃던 조민구 원장은 바로 표정을 바꾸었다. 그러

고는 작고 예리한 눈으로 앞에 선 애송이 교수를 바라
봤다.

"무슨 말씀인지 모르겠습니다."

선호 역시 원장을 똑바로 보며 말했다.

"저것들은 감염자가 인간이고 치료될 수 있다는 걸 증
명하려 하지. 그런데 우린 아니야. 가서 자네가 해야 할
일은 실패를 증명하는 거야. 실패!"

"실패."

선호는 원장이 한 말을 되뇌었다.

"그래. 실패의 증명을 위해 우리 쪽에서 움직이는 거고,
그 책임은 자네가 지는 거지. 할 수 있겠나?"

"수술을 방해하라는 말씀인가요?"

"수술을 방해하든, 거길 감염자 천국으로 만들든 그건
자네가 알아서 해! 뭘 해도 좋아. 감염자를 치료할 수 없
다는 사실만 증명해내면 돼. 그래야 우리 병원으로 불똥
이 튀지 않겠지. 애초에 감염자 치료 불가를 발표한 게 우
리니까. 그리고 막대한 사회적 비용 역시 아끼게 된다는
걸 잊지 마. 즉, 우리만 좋자고 이러는 건 아니란 거지. 그
리고……."

조민구 원장은 잠깐 뜸을 들인 뒤 말했다.

"김 교수의 실패를 제일 원하는 건 자네 아닌가?"

"맞습니다."

선호는 부인하지 않았다. 사실대로 말하고 시키는 대로 움직인다. 조민구 원장이 선호를 신뢰하는 이유는 간단했다.

"좋아. 그러면 함께 데려갈 얼간이부터 골라봐. 말은 잘 듣지만 눈치는 없는 놈들로."

"네. 알겠습니다."

간단하게 대답한 후 선호는 돌아섰다. 조민구 원장은 리모컨으로 다시 TV를 켰다. 뉴스가 흘러나왔다. 합정역 앞에 대규모 시위대가 몰리는 중이라고 기자가 보도하고 있었다.

오후 1시 30분이 막 지났다. 유리창을 모두 막아놓은 1층 로비는 어두컴컴했다. 야차는 고양이를 안고 정문으로 향하도록 위치를 옮긴 벤치에 앉아 있었다. 매트리스를 세우고 2차 방어선으로 침대를 엮어 쌓아뒀기에 정문이 뚫릴 리는 없었다. 그래도 야차는 매서운 눈빛 그대로 앞만 보고 있었다. 육포를 맘껏 먹은 고양이는 세상모르게 자는 중이었다.

"앉아도 돼?"

익숙한 목소리에 야차는 옆을 돌아봤다. 나이 많은 간호사가 서 있었다. 익히 아는 얼굴이었다. 야차가 어릴 때 이 병원을 들락날락하던 시절에는 그저 젊은 간호사였고, 이제는 수간호사가 되어 병원을 지키고 있었다. 유소정. 그게 이 할머니 간호사의 이름이었다.

"맘대로요."

소정은 그럴 줄 알았다는 듯 말이 채 끝나기도 전에 슬쩍 앉았다.

"최근엔 안 오나 싶었는데 이런 상황에서 만나네."

"너무 친한 척하지 말아요. 이런 전개 딱 싫으니까."

야차는 소정의 말이 끝나기가 무섭게 호들갑을 떨었다.

"왜 도망 안 갔어?"

소정이 물었다.

"도망을 왜 가!"

"너 혼자라면 충분히 더 안전한 곳으로 갈 수 있었잖아. 여기 온 후에도."

"어휴. 무슨 말을 듣고 싶은 거예요? 내가 여기 신세 진 게 있으니까 좀 도우려고 그랬어요. 됐어요?"

첫 칼침을 맞았을 때 왔던 병원도 이 병원이었다. 그때가 열일곱 인가 그랬을 거다. 그때부터도 이미 늙수그레했던 원장이 수술을 맡았다. 그 옆에서 보조했던 게 소정이었고. 스무 살 때 어깨가 부러지고 갈비뼈 두 대에 금이 갔다. 그야말로 17대 1로 싸웠기 때문이었다. 그것도 여기서 치료받았다. 어릴 적부터 자기를 봐온 원장과 간호사는 경찰에 알려야만 하는 상황에서도 눈감아줬다. 원장은, 그리고 소정은 맨날 같은 소리만 했다. 몸 아껴 쓰라고. 그게 고마웠다. 여기가 없었다면 벌써 옛날에 감방 신세를 졌거나 송장이 됐을지도 모른다.

"흐음. 그런 의도라면 내가 고맙다고 해야겠는걸."

소정이 말했다. 야차는 남세스러운 상황이 딱 싫었다.

"에이! 닭살 돋게."

그렇게 투덜거리며 일어나려 할 때 이번에는 카메라가 쑥 다가왔다.

"자, 이곳은 병원 로비로 현재는 철통 방어 중입니다. 보이시죠?"

"야! 안 꺼져?"

야차는 무작정 카메라를 들이대며 중얼거리는 윤형을 향해 소리쳤다.

"그쪽 얼굴은 안 나와요."

볼멘소리 하는 윤형을 향해 야차는 손을 휘저었다.

"근처에 오지 마! 라이브로 다 내보내는 거 누가 모를 줄 알아?"

"이상, 홍대푸른병원 1층 로비였습니다."

윤형은 꿋꿋이 마무리 멘트까지 친 후 사라졌다. 야차는 못마땅한 표정으로 고양이를 쓰다듬었다. 원체 작아 손가락 하나로도 충분했다.

"너무 무리하지는 마."

소정이 부드럽게 말했다.

"할머니나 몸조심해."

야차의 무뚝뚝한 한마디가 뒤를 이었다.

서희는 회복실 앞에서 통화 중이었다. 국장이 전화를 걸어왔다. 그는 잔뜩 들떠 있었다. 하여간 감정 기복 심한 인간이었다.

"대박! 대박이야! 강 앵커 유튜브 라이브 조회수가 우리 공식 계정 모든 조회수 합친 것보다 많대. 거기다가 실시간 시청자 수도 어마어마했잖아. 멈추지 말고 계속해. 이건 사장님 지시야! 수지가 그렇게 된 건 안타깝지만……곧 도움도 받게 될 테니까 너무 걱정하지 마."

"그게 무슨 말이죠?"

서희는 날카롭게 물었다.

"못 들었어? 강남미래대학병원에서 그쪽으로 의료 지원 보내기로 결정했대. 군용 수송 헬기까지 동원한다나 봐. 아무튼 빠르게 결정돼서 다행이야. 뭐, 그만큼 라이브의 파급 효과가 컸단 소리겠지만."

"감염자 사살 계획도 유보된 거죠?"

"그렇지. 여론이 완전히 돌아섰거든. 그러니까 계속 방송해. 라이브 쭉쭉 밀고 나가."

국장은 전에 없이 확실한 어조로 말했다. 그만큼 반응이 좋았구나, 하고 서희는 생각했다. 어쨌든 의도는 성공했다. 강남미래대학병원에서 도와준다니 가장 원하던 게 현실로 다가왔다. 이제 수지는 회복할 것이다. 멀쩡하게, 인간답게.

"알겠습니다. 그럼."

서희는 전화를 끊었다. 그러고는 회복실 창문으로 안을 들여다봤다. 수지가 누워 있었다. 머리와 팔에 붕대를 감고. 겉으로 보기에는 편히 잠든 것 같았다. 수지 옆에 놓인 여러 기기의 그래프도 안정적인 곡선을 그리고 있었다.

"선배. 로비 쪽도 찍고 왔어요."

윤형이 카메라를 들어 보이며 가까이 다가왔다. 그런 윤형에게 서희가 말했다.

"강남미래대학병원에서 헬기 타고 이쪽으로 온대."

"정말요? 진짜 잘됐다! 빨리 김 선생님한테 알려야죠."

"그래야지."

거기까지 말한 서희는 후배를 향해 슬쩍 물었다.

"내가…… 너무 이기적인 걸까?"

"네?"

"댓글 봤어. 강서희가 이젠 딸까지 팔아서 방송한다는 댓글이 여러 개더라."

"아! 그런 건 신경 쓰지 마세요. 지금은 수지 살리고, 다른 감염자도 살릴 수 있게 방송하는 데만 집중해요!"

"그래. 그러자."

서희가 희미하게 웃으며 대답했을 때였다. 핸드폰이 진동하며 국장에게서 메시지가 날아왔다. 서희는 재빨리 확인했다.

―그런데 김수혁 선생인가 하는 그 의사, 자네에 대해선 모르지? 절대 들켜선 안 돼. 무슨 말인지 알지?

서희는 답장하는 대신 핸드폰을 주머니에 넣었다. 서희의 표정은 한없이 어두웠다.

각 층마다 설치된 대형 TV에선 같은 뉴스 속보가 계속 흘러나오고 있었다. 환자와 보호자는 물론이고 병원 의료진도 TV에서 눈을 떼지 못하고 있었다. 앵커 옆으로 작은 화면이 떠 있었다. 교실과 복도에 흥건한 피는 비록 모자이크 처리를 했지만 시청자를 자극하기에 충분했다.

"속보입니다. 강남 재영초등학교에 괴한이 난입해 흉기를 휘둘렀습니다. 이 사고로 현재 학생들을 포함해 수십 명이 중경상을 입고 병원으로 이송 중이거나 이미 치료받고 있는 것으로 알려졌습니다. 범인은 학교 4층에서 투신

해 현재 병원으로 이송 중이라고 합니다. 다시 한번 말씀

드립니다⋯⋯."

수혁은 시끄럽게 울리는 뉴스 속보를 뒤로하고 응급실

로 들어섰다. 그곳은 정신없이 돌아가고 있었다. 재영초

등학교에서 실려 온 부상자가 주를 이뤘다. 수혁이 간호

사에게 물었다.

"뇌 수술이 필요한 환자는?"

그때였다.

"응급입니다!"

구급대원 둘이 들것을 밀며 응급실로 들어왔다. 머리

에 큰 상처가 난 남성이었다. 수혁은 그 남자가 정신을

잃은 상태에서도 오른손에 피 묻은 망치를 꽉 쥐고 있는

걸 봤다.

"이 사람 수술실로 옮겨. 뇌 손상이 심해."

수혁은 간호사에게 지시했다. 남자의 동공은 풀렸고,

호흡도 거칠었다. 이 인간에게 주어진 시간은 얼마 없었

다. 더 지체하면 죽을 게 뻔했다.

"알겠습니다."

간호사가 그렇게 말하며 달려간 순간, 또 다른 환자가

실려 왔다. 이번에는 아이였다. 많아야 초등학교 5학년 정도로 보였다.

"차가 너무 막혀서 늦었습니다. 망치에 맞아 두개골이 함몰된 상태입니다."

구급대원이 당황한 낯빛으로 말했다.

"교수님. 어떻게 할까요? 이 아이도 응급인데……."

간호사 한 명이 주저하며 물었다. 수혁은 질문의 의미를 알아챘다. 하지만 우선순위를 바꿀 수는 없었다. 먼저 온 환자를 우선으로 진료한다. 그것이 원칙이었다.

"난 이 남성을 수술해야 해. 아이는 차 교수에게 맡겨."

수혁은 그 말을 끝으로 응급실을 빠져나가 수술실로 향했다. 그때는 몰랐다. 원칙을 지킨 것이 얼마나 큰 화를 불러오게 될지.

한 방송국의 특종으로 수혁의 실명이 공개된 직후, 그는 무방비 상태로 언론의 심판대에 올랐다. 살인마인 이종우를 먼저 수술했다는 것도 문제가 됐지만 더 큰 건 뒤이어 실려 왔던 아이가 사망했다는 데 있었다. 수술에 실패한 건 차선호였지만 모든 비난의 화살은 수혁에게로 쏠렸다.

살인자를 살린 살인자.

사람들은 수혁을 그렇게 칭하기 시작했다. 그 누구도 수혁에게 해명의 기회를 주지 않았다. 수혁 역시 침묵을 유지했다. 그런 여론이야 언제든 바람처럼 사라지리라 예상했다. 그 예상은 보기 좋게 빗나갔다. 어느 날인가는 차 앞 유리가 깨져 있었다. 누군가가 돌멩이를 던진 것이었다. 수혁은 그 행위보다도 자기 차가 뭔지 알아냈다는 데 더 큰 두려움을 느꼈다. 그랬기에 다른 데 신경 쓸 여력이 없었다. 병원에서는 징계 이야기가 나오고 있었다. 그건 도저히 받아들일 수 없는 일이었다. 수혁이 그런 싸움을 벌이고 있을 때 딸 유나 역시 힘겨운 상황에 놓였다. 문제는…… 수혁이 그걸 너무 늦게 알아차렸다는 것이었다.

유나가 강남미래대학병원 응급실로 실려 온 건 그 사태 이후 꼭 석 달만의 일이었다. 당시 초등학교 6학년이었던 유나는 학교 옥상에서 뛰어내렸다. 아니, 뛰어내릴 수밖에 없었다. 아이들의 괴롭힘을 피해 도망친 곳이 옥상이었고, 더는 피할 수 없다는 걸 알고는 그대로 난간을 넘었다.

살인마 의사의 딸.

유나는 그렇게 불렸다. 삼 개월 내내.

호출을 받고 응급실로 달려간 수혁은 믿을 수가 없었다. 유나는 머리에서 피를 흘리며 축 늘어져 있었다. 유나가 확실하다는 걸 알면서도, 수혁은 자기가 잘못 보고 있길 바랐다. 하지만 유나는 가늘게 눈을 떠 수혁에게 말했다.

“아빠…….”

“유나야!”

울음이 터졌다. 의료진이 수혁을 떼어내려 했다. 그는 응급실이 떠나가라 소리 질렀다.

“내가 집도해! 내 딸이야. 내가 집도한다고!”

유나의 상처는 치명적이었다. 머리뼈가 부서지고 뇌 일부가 밖으로 나왔다. 이미 손쓸 수 없는 상황이었지만 수혁은 메스를 잡았다. 유나는 수술실에서 몇 분 버티지 못했다. 수혁이 땀을 뻘뻘 흘리며 살려보려 했지만, 냉정한 심전도 기기 속 그래프는 ‘삐’ 하는 소리와 함께 일자로 변했다.

“안 돼!”

수혁은 유나 위로 올라가 심폐소생술을 실시했다. 아무

리 가슴을 눌러도 유나는 깨어나지 않았다.

"유나야!"

소리쳐 불렀다. 그때였다. 유나가 눈을 번쩍 떴다. 회백색 눈이었다. 유나는 크게 포효하며 수혁에게 달려들었다.

"헉!"

수혁은 숨을 몰아쉬며 깨어났다. 악몽을 꿨고, 지금은 진료실 의자 위라는 걸 알아차리기까지 시간이 조금 필요했다. 시간을 확인했지만 아직 2시도 되지 않았다. 선잠을 잤는데 하필이면 악몽으로 이어진 것이었다.

피곤했다. 오전부터 여태 거의 쉬지 못했고, 무엇보다 상상으로도 그릴 수 없었던 사태의 발생에 머리가 어질어질할 지경이었다. 수술실에서는 냉정함을 유지하려 애썼지만, 떨리는 오른손이 여간 신경 쓰이는 게 아니었다. 사탕 생각도 간절했다. 유나를 떠나보낸 후 술독에 빠져 살았다. 병원은 당연히 그만뒀다. 아니, 잘렸다는 게 맞으리라. 몇 번이나 목숨을 끊어야겠다고 생각했다. 그런 나날 속에서 남정남 원장이 수혁을 건져내고 병원에 자리까지 마련해주었다. 하지만 실제로 수혁을 바꿔놓은 건…….

노크 소리가 들렸다. 수혁은 옛 생각을 멈추고 대답했다.

"들어오세요."

문이 열리고 서희가 들어왔다.

"쉬고 계실 텐데 방해해서 죄송해요."

"아닙니다. 이제 움직이려 했습니다."

수혁은 그렇게 말하며 일어났다. 서희가 다가와 이야기했다.

"강남미래대학병원에서 의료 기기와 의료진이 올 거예요. 방금 연락받았어요."

"아! 잘됐네요. 미세 현미경만 있다면 수지의 종양을 모두 제거할 수 있을 거예요."

"그러면 조금 더 쉬세요. 아직 도착하려면 멀었을 테니까."

서희가 말했지만 수혁은 이미 문으로 향하고 있었다. 오른손은 가운 주머니에 넣었다.

"아직 안심하긴 이르니 계속 지켜봐야죠. 회복실로 갈 겁니다."

"같이 가요."

두 사람은 뇌신경과 진료실에서 나와 복도를 걸었다. 병원은 조용했다. 한동안 말없이 걷기만 하다가 서희가 먼저 입을 열었다.

"수지와는 늘 다퉜어요. 사춘기 딸 감당하는 게 힘들었거든요. 지금은 후회해요. 이야기를 조금 더 많이 들어줄걸 하고. 수지가 약간의 불안장애가 있어요. 어릴 때부터 그랬는데, 제가 〈섬집 아기〉를 불러주면 곧잘 진정했어요. 저 엄청 음치거든요."

"저는 딸을 지키지 못했습니다. 아내를 일찌감치 여의고 딸만 보고 살았는데……."

수혁의 말에 서희는 멈칫했다.

"아……."

"딸이 옥상에서 떨어져 제가 있던 병원으로 왔지만 결국 살리지 못했죠. 그래서 너무나 잘 압니다. 자식을 먼저 떠나보낸 부모 마음을요. 앵커님은 그 아픔을 느끼지 않으시도록 제가 최선을 다하겠습니다."

수혁은 무덤덤한 표정으로 말한 후 먼저 걸어갔다. 그 뒷모습을 보고 서희는 충동적으로 수혁을 불렀다.

"선생님. 저……."

그때 회복실에서 경고음이 요란하게 울려 퍼졌다.

"안 돼!"

수혁이 그 말과 함께 달렸다. 서희도 그 뒤를 따랐다. 두 사람이 회복실에 도착했을 때, 수지는 미친 듯이 발작하고 있었다.

강남미래대학병원 옥상 헬기 착륙장에는 KUH-1 수리온이 서 있었다. 프로펠러가 돌아가고 있어 착륙장 근처에는 연신 돌풍이 일었다. 군인 두 명이 미세 현미경이 든 상자를 나르고 있었다. 꽤 무거운 듯 걸음이 더뎠다. 프로펠러 때문에 허리까지 낮춰야 해서 더 어려움을 겪는 것 같았다.

"그, 그거 조심해서 옮겨요!"

박두식이 군인들을 향해 외쳤다. 그러고는 곧장 고개를 숙였다. 두식은 의료 기기 기사였다. 엄밀히 따지면 강남미래대학병원 직원도 아니었다. 의료기 회사에서 파견을 나와 각종 기구를 설치하고 관리하는 일을 했다. 그는 자신이 헬리콥터 앞에 나와 서 있는 이유를 알지 못했다. 제발 저걸 타지 않길 바랄 뿐이었다.

두식의 옆에는 간호사가 서 있었다. 단발머리가 썩 잘 어울리는 그는 헬기를 배경으로 연신 셀카를 찍고 있었다. 가슴팍에는 '조미지'라고 적힌 이름표를 달고 있었다. 두식은 세 번째 사람에게 시선을 뒀다. 노인이었다. 도대체 이 일에서 어떤 몫을 담당할지 짐작할 수도 없을 만큼 나이가 든 남자였다. 자기 이름이나 기억할지 의심스러웠다.

"자, 주목해주세요."

자기를 차선호 교수라 밝힌 젊은 의사는 세 사람 앞에 서서 말했다. 프로펠러 소리 탓에 목소리를 크게 낼 수밖에 없었다.

"잘 들어요! 우린 지금 홍대푸른병원으로 향합니다. 당연하게도, 저 헬기를 탑니다. 가서는 자기 일만 제대로 하면 됩니다. 어려울 게 없어요. 아시겠습니까?"

결국 헬기를 타야 한다는 걸 받아들인 두식이 손을 들었다.

"질문 있습니다!"

그도 목소리를 최대한 높였다.

"뭡니까?"

선호가 물었다.

"위험수당이 있을까요?"

두식이 생각하기에, 헬기를 타는 것부터가 위험한 일이었다. 그는 헬리콥터 추락 사고가 얼마나 위험한지 한 시간 내내 말할 수도 있었다. 유튜브에서 사건 사고 영상을 하도 많이 봤으니까.

"네. 있습니다. 하지만 걱정하지 마세요. 위험한 일은 없을 겁니다!"

선호는 그렇게 말하며 속으로 생각했다. 그런 일을 할 기회조차 없을 거라고.

"근데 화이트 아이가 득실거리는 곳 한가운데 가는 건 맞잖아요?"

이번에는 미지가 물었다. 질문과는 다르게 미지는 흥분한 듯 미소를 띠고 있었다. 선호는 미지를 보며 속으로 한숨을 쉬었다. 기본도 안 되어 있는 것 같은 이 간호사는 원장이 추천했다. 과연, 알맞은 추천이었다.

"맞습니다. 하지만 병원 내에는 감염자가 없고, 우리도 헬기로 이동하기에 걱정은 안 해도 됩니다."

"군인 아저씨들 총 들고 있던데 위급하면 총도 쏘고 해요?"

미지는 또 물었다.

"살상은 할 수 없습니다. 총에 든 건 모두 고무탄이에요."

골치 아픈 간호사가 실망한 표정을 지은 즉시 두식이 다시 손을 들었다. 선호는 이제 슬슬 피곤해지기 시작했다.

"뭡니까? 서둘러야 합니다."

"저거 타기 전에 엄마한테 전화해도 되죠?"

두식은 헬리콥터를 가리키며 물었다.

"하세요. 빨리."

반쯤 체념한 선호가 그렇게 말하자 두식은 바로 핸드폰을 꺼내 들었다. 미지는 다시 셀카를 찍기 시작했고. 입을 다물고 있는 건 노인, 성재호뿐이었다. 그는 정년을 앞둔 마취과 의사였다. 평생 마취과에서 일했지만, 지금은 뒷방 늙은이 취급을 받고 있었다. 재호는 구부정한 어깨를 더욱 극적으로 구부리며 무릎을 매만졌다. 서 있는 것도 힘들어 보였다.

"교수님. 지금 출발해야 합니다!"

헬기에 먼저 오른 고상현 중위가 외쳤다. 그가 작전 책임자였다. 고 중위에게는 실탄이 든 권총이 지급됐다는 걸 선호만 알고 있었다. 만일을 위해서였다.

"갑시다!"

선호가 세 사람에게 말했다. 그러고는 헬기를 향해 몸을 잔뜩 낮추고 뛰었다.

"엄마! 다녀올게."

뒤에서 그런 소리가 들렸다.

의외로 쉬울지도 모르겠다고, 선호는 생각했다. 그러니까 실패를 증명하는 일이.

급변

수지의 발작은 점점 심해졌다. 수술대가 들썩거릴 정도였다. 팔다리를 묶어두긴 했지만 금방이라도 풀릴 것만 같았다. 그 전에 수지의 팔이 먼저 부러질지도 모를 일이었다.

"크아아!"

턱이 빠질 듯 입을 벌린 채 수지는 계속 괴성을 질렀다. 괴성은 수시로 포효가 됐다. 그때마다 오싹해지는 건 어쩔 수가 없었다. 수혁은 인정했다. 누구든 이 모습만 본다면 괴물이라 생각할 거라고. 물론 수지는 한때나마 의식을 회복했고, 서희를 향해 엄마라 부르기도 했다. 그렇다는 건 희망이 있다는 뜻이었다. 종양만 제거한다면…….

"마취는 아직 안 된 거야?"

정남이 소리 질렀다. 마침 수혁이 묻고 싶었던 질문이었다.

"계속 투여 중인데 효과가 없는 겁니다!"

마취과 의사는 당황한 표정이 역력했다. 계속 수지의 상태를 체크 중이던 효정이 외쳤다.

"맥박이 너무 빨리 뛰어요! 혈압도 정상보다 훨씬 높습니다."

"이대로 계속 둘 순 없어. 어떻게든 해야 해!"

정남이 수혁에게 말했다. 수혁은 고민 중이었다

"종양이 다시 생겨나서 상태가 급격히 안 좋아진 걸 겁니다. 그 종양만 제거하면 어느 정도 시간을 벌 수 있어요."

수혁의 말에 정남이 답답하다는 듯 외쳤다.

"그러니까 무슨 수로? 마취가 안 되는데 어떻게 종양 제거를 해?"

"마취를 안 하고 할 수 없을까요?"

"미쳤어? 그러다가 쇼크라도 오면? 그리고 이렇게 버둥

거리는데 무슨 수로 뇌를 열어? 아무리 자네라도 그건 안
돼!"

정남의 말은 일일이 다 맞았다. 그럼에도 수혁은 어떻
게든 희망을 찾아보려 애썼다. 이 아이를 이대로 보낼 수
없었다. 뭔가 방법이 없을까? 계속 그 생각에 골몰했다.
그랬기에 잠깐 놓치고 말았다. 수지의 움직임을.

"아악!"

다른 간호사 한 명이 고통에 찬 비명을 내질렀다. 어느
새 오른손 포박을 끊어낸 수지가 간호사의 팔을 꽉 그러
쥐고 있었다.

"너무 아파요!"

간호사는 눈물을 흘리며 소리쳤다. 수혁이 다가간 순
간, 수술실 문이 양쪽으로 벌컥 열리며 서희와 윤형이 달
려 들어왔다.

"조금만 기다려요! 헬기가 병원 상공에 도착했대요!"

서희가 소리쳐다.

"크아아!"

그 소리가 무색하게 수지는 더욱 격렬한 포효를 남겼다.

　5층은 헬리콥터가 착륙하기에 너무 낮았다. 게다가 주위에 전선이 가득했다. 자칫 잘못하면 프로펠러가 휘말려 추락할 위험이 있었다. 베테랑 조종사는 진땀을 뻘뻘 흘리며 홍대푸른병원 옥상에 헬기를 무사히 착륙시켰다.

　선호가 제일 먼저 내렸고, 뒤를 이어 두식과 미지, 그리고 재호가 내렸다. 상병인 두 명의 군인은 현미경 상자를 들고 조심스레 바닥을 밟았다. 마지막은 고 중위였다. 작전에 투입될 인원이 모두 내리자 조종사는 안도의 한숨을 쉬었다. 이제는 이곳에서 대기했다가 다시 이들을 싣고 강남으로 날아가면 된다. 그 정도는 식은 죽 먹기였다.

　조종사의 낙관적인 전망이 바뀐 건 선호가 옥상 문을 열었을 때였다. 어떻게 된 일인지 옥상으로 통하는 좁은 입구에는 감염자들이 가득했다. 그들은 오전에 온 사람들이었다. 일단 들어오긴 했는데 응급실에서 난리가 나고 야차까지 설치자 지레 겁을 먹고 옥상으로 향했다. 문제는 그들 중 감염자가 할퀸 사람이 있었다는 점이었다. 좁은 옥상 계단에 옹기종기 모여 있던 사람들은 감염자가 순식간에 변하며 난동을 부리자 대처할 방법이 없었다. 그저 속절없이 물리고 찢길 뿐이었다. 그렇게 해서 옥상

계단이 감염자로 가득 차게 되었다는 걸 선호가 알 리 없었다.

"억!"

선호는 놀라서 성큼 물러났다.

"크으으."

감염자들은 불길한 소리를 내며 옥상으로 달려 들어왔다. 두식이 비명을 내질렀고, 미지는 얼른 군인 뒤에 숨었다.

"야! 그거 내려놓고 빨리 발포해!"

고 중위가 다급하게 외쳤다. 두 군인은 상자를 내려놓고 감염자들을 향해 소총을 겨눴다. 고무탄이라고는 해도 정통으로 맞으면 꽤 큰 고통이 남는다는 걸 군인들은 알고 있었다. 거기에 움직임을 멈추게 하는 효과도 있었다.

"쏘, 쏘겠습니다!"

군인 중 한 명이 외쳤다.

"떨어지세요!"

고 중위는 선호 일행을 향해 목소리를 높였다. 그때쯤 선호는 정신을 차리고 헬리콥터 쪽으로 달리는 중이었다. 두식과 재호도 고 중위 뒤로 숨었다. 군인들이 방아쇠를 당겼다. 둔탁한 소리가 울리며 고무탄이 날아갔다.

위력은 상상 이상이었다. 감염자들은 크게 휘청이거나 아니면 아예 뒤로 밀려나며 균형을 잃고 쓰러졌다. 그사이 선호는 눈치 빠르게 움직였다. 두식을 어깨를 툭 치면서 현미경 상자를 가리킨 것이었다.

"둘이 옮깁시다."

"네네!"

두식은 화들짝 놀라면서도 일단 상자를 들어 올렸다.

"따라와요!"

선호는 상자의 한쪽을 들며 미지와 재호에게 소리쳤다. 감염자 한 명이 선호 옆으로 홱 다가왔다. 상자를 들고 있어 밀어낼 수 없는 상황이었다. 그때 재호가 나이가 믿기지 않는 날렵한 몸놀림으로 감염자를 발로 찼다. 보기 좋게 나가떨어진 감염자는 파이프에 다리가 걸려 넘어졌다.

감염자 중에는 헬리콥터로 곧장 돌진하는 이들도 있었다. 프로펠러 소리에 이끌린 탓이었다. 조종사는 그걸 보며 결단을 내렸다. 놈들에게 수리온 한 대를 고스란히 가져다 바칠 생각도 없었고, 저것들한테 물릴 생각도 없었다. 조종사는 고 중위에게 무전을 날렸다.

“중위님. 철수했다가 다시 오겠습니다.”

“오케이.”

고 중위는 바로 허락했다. 200억이 넘는 수리온이 부서지거나 고장이 난다는 생각만으로도 현기증이 일었다. 그런 책임은 떠맡고 싶지 않았다.

잠시 후, 프로펠러가 더욱 격렬하게 돌아가며 헬리콥터가 날아올랐다.

“크아아!”

헬리콥터를 보며 포효하던 감염자들은 계속 하늘만 노려봤다.

“우리도 안으로 가자!”

고 중위는 부하 대원 두 명에게 명령했다. 이미 헬리콥터는 저만치 하늘 위로 멀어지고 있었다. 두 상병은 다가오는 감염자를 고무탄으로 밀어내며 옥상 문까지 향했다. 다시 문을 닫기 전, 상병 중 한 명은 가장 덩치 큰 감염자를 향해 고무탄을 연발했다. 단순히 안전을 위한 조치였지만 그 마지막 공격이 예상치 못한 사태를 불러왔다.

밀려난 덩치 역시 바닥에 이어진 파이프에 걸려 넘어졌는데 그러면서 세차게 회전하던 환풍기를 부수고 말았다.

덩치의 팔은 잘려 나갔다. 동시에 환풍기 팬도 박살이 났다. 날카롭게 잘린 채로 튕겨 나간 팬 조각은 병원 옥상을 가로지른 굵은 전선을 끊어버렸다.

홍대푸른병원은 암흑에 휩싸였다.

수술실 조명이 꺼졌다. 순간 바늘 하나 들어갈 틈 없는 촘촘한 어둠이 그 좁은 공간을 가득 채웠다. 잠깐의 침묵이 흐른 뒤 곧 핸드폰 플래시가 하나둘 켜졌다.

"갑자기 뭐죠?"

서희가 두리번거리며 물었다.

"정전 같아요."

수혁이 그렇게 말한 순간, 수지가 또 포효했다. 빛에 민감하게 반응하는 듯 핸드폰 플래시를 따라 이리저리 고개를 돌렸다. 겨우 놓여난 간호사는 여태 팔을 만지며 경계하고 있었다.

"다들 침착합시다. 곧 비상 전력이 가동될 겁니다."

정남이 말했다. 불안하기는 그도 마찬가지였다. 오랜 경험으로 미루어봤을 때 나쁜 일은 꼭 순차적으로 터지기 마련이었다. 그리고 그 첫 시작은 언제나 사소한 일부터였다. 지금껏 병원이 정전된 적은 한 번도 없었다. 30년 만에 처음 벌어진 일이 마침 이때라니…… 정남은 찜찜함을 감추기 힘들었다.

"환자가 너무 자극받는 것 같으니 핸드폰은 *끄죠*."

수혁의 말에 다들 핸드폰 플래시를 껐다. 다시 어두워졌다. 윤형은 카메라로 계속 촬영 중이었다. 자동으로 야간 모드가 된 카메라에 수술방 안 모습이 담겼다. 잔뜩 확장된 모두의 동공에서 빛이 났지만, 수지는 더 심했다. 고개를 들고 계속 홰홰 젓는 수지의 눈은 고양이처럼 번들거렸다. 윤형은 그 모습을 찍다가 이내 수술방 천장으로 카메라를 돌렸다. 조명은 다시 들어올 생각이 없는 듯 보였다.

"어?"

다시 카메라를 내린 순간, 윤형의 입에서 그런 소리가 튀어나왔다.

수지가 일어나 수술대에 앉아 있었다. 그 상태 그대로 수지는 고개를 갸우뚱했다. 윤형은 발견했다. 수지의 팔다리를 묶고 있던 줄이 모조리 끊어진 걸.

"조, 조심해요!"

윤형이 그렇게 외쳤다. 다른 사람들은 무슨 말인지 몰라 멀뚱히 서 있기만 했다. 어둠의 장막이 모든 걸 가로막고 있었다. 윤형은 다시 소리쳤다.

"수지가……."

그 순간, 이미 수술대에서 내려온 수지는 아무것도 모른 채 두리번거리기만 하는 효정 앞에 섰다. 수지는 효정을 향해 입을 쩍 벌렸다. 그때 핸드폰 플래시가 켜졌다. 수지가 고개를 홱 돌렸다. 그 짧은 찰나의 순간, 수혁이 효정을 끌어당겼다. 조명이 들어왔다. 완전한 상태가 아니었다. 파르르 떨며 계속 깜박거렸다.

"준비실로 피해요!"

수혁이 소리쳤다. 다시 조명이 꺼졌다. 윤형의 카메라에 수술방 옆 준비실로 들어가는 의료진 모습이 잡혔다. 두리번거리던 수지가 천천히 몸을 틀었다. 그러고는 카메라를 똑바로 봤다. 수지는 몸을 잔뜩 웅크렸다. 달려든다는 신호였다.

"아……."

윤형이 어떻게 해야 할지 몰라 그런 소리를 냈을 때였다.

"빨리 와."

서희가 윤형의 손을 잡고 끌었다. 두 사람이 수술대를 빙 돌아 준비실로 달릴 때 조명이 다시 켜졌다. 둘을 발견한 수지가 수술대 위로 훌쩍 뛰어올랐다. 그러고는 포효했다.

"크아아!"

"힉!"

겁에 질린 윤형은 준비실로 거의 몸을 날리듯 들어갔다. 뒤를 이어 서희가 좁은 틈 사이로 숨어들었다. 효정이 바로 문을 닫았다.

쾅!

수지가 문에 부딪힌 건 그 순간이었다. 준비실 안의 모두는 깜짝 놀랐다. 작은 창문 밖으로 수지가 보였다. 수지 역시 안의 먹잇감을 노려보고 있었다. 그러면서 문을 계속 밀었고, 그때마다 괴성을 내질렀다. 이를 드러낸 채 으르렁거리기도 했다. 다시 조명이 꺼졌다. 완전히 깜깜했다. 수지가 내는 소리 역시 잠잠해졌다. 윤형은 카메라를 들어 확인하고 싶은 욕망과 치열하게 싸웠다. 누구 하나 소리 내는 이가 없었다. 다들 숨까지 참고 있는 듯했다.

조명이 다시 켜졌다.

수지는 사라지고 없었다. 문을 열고 먼저 수술실로 나간 건 수혁이었다. 그는 수술실 입구부터 확인했다. 밀면 열리는 문이 흔들리고 있었다.

"수지는요?"

뒤를 이어 나온 서희가 물었다. 수혁은 문을 가리키며 대답했다.

"밖으로 나간 것 같습니다."

"빨리 찾아야 해!"

정남이 말했다. 이미 다른 사람들도 모두 수술실로 나왔다.

"수지…… 수지 괜찮겠죠?"

서희는 기운이 쑥 빠진 표정으로 중얼거렸다.

"정신 차려야 합니다! 수지가 이 병원에 있는 누군가를 공격하기라도 했다간 치료할 명분이 사라집니다. 무슨 말인지 알죠?"

수혁은 서희를 향해 전에 없이 강한 어조로 말했다. 서희는 곧 정신을 차렸다. 고개를 두어 번 끄덕이더니 원래의 냉철한 표정으로 돌아왔다.

"네. 알겠어요. 고마워요."

"좋습니다. 그러면 흩어져서 수지를 찾는 겁니다. 발견하면 절대 섣불리 접근하지 말고 모두에게 연락하는 겁니다. 아셨죠?"

수혁은 자기 핸드폰을 들어 보이며 그렇게 말했다.

"공격당할 일은……."

윤형이 머뭇거리며 중얼거렸을 때였다. 채 말을 끝내기도 전에 다른 목소리가 들렸다.

"무슨 일입니까?"

다들 고개를 돌렸다. 선호 일행과 군인들이 서 있었다. 수혁과 선호의 눈이 마주쳤다. 미지가 한마디 했다.

"비상 상황 발생."

잘려 나간 전선은 피리에 반응하는 코브라처럼 마구 움직이기 시작했다. 끊어진 부분에서는 스파크가 계속 튀었다. 감염자들에게 그 모습은 일종의 덫이나 다름없었다. 아니면 심해에 도사리고 있는 초롱아귀의 빛이거나.

감염자 중 하나가 그 덫을 향해 다가갔다. 흔들리며 빛나는 걸 지나칠 재간이 없었다. 거기다가 스파크가 튈 때마다 타닥타닥하는 소리까지 났다. 감염자는 허공으로 손을 뻗었다. 전선은 잡힐 듯 잡히지 않은 채 꿈틀거렸다. 다른 감염자들도 몰려왔다. 하나 남은 먹이를 쟁탈하려는 움직임은 치열했다. 다른 이보다 우뚝 키가 큰 감염자가 손을 들어 올렸을 때 드디어 전선에 닿았다. 순간, 스파크가 크게 일었다. 타닥타닥 수준이 아니라 파지직이었다. 동시에 섬광이 번쩍였다. 감염자의 온몸을 타고 흐른 전류는 입고 있던 울 소재 재킷과 맞닿으며 불꽃을 만들어 냈다. 그게 시작이었다. 감염자 옷에 불이 붙었다. 감염자는 광고를 주렁주렁 단 풍선 인형처럼 춤추기 시작했다. 어떻게 보면 그것은 광고판이기도 했다.

"크으으."

흩어져 있던 감염자들도 으르렁거리며 불꽃 남자를 향해 다가왔다. 불은 옆에 선 다른 이에게 옮겨붙었다. 세 번째 감염자의 몸에도 불이 전해졌다. 한데 뭉쳐진 감염자들은 캠프파이어의 장작이었다. 차례로 불길에 휩싸이면서 시커먼 연기를 내뿜었다. 그리고 멀리서도 똑똑히 보일 만큼 큰 불길이 일었다. 감염자들은 그야말로 활활 타올랐다.

수혁은 비상계단을 통해 2층으로 내려갔다. 선호가 한 발 뒤에서 따라왔다. 층계 공간에는 두 사람의 발소리만 울렸다. 정전 때문에 층계참의 불은 켜지지 않았고 둘 다 핸드폰 플래시를 켜고 있었다. 그리고 둘 다 한마디도 하지 않았다. 먼저 침묵을 깬 건 선호였고, 마침 2층으로 통하는 문을 열려던 참이었다.

"아무 말도 안 할 거예요?"

선호가 물었다.

"무슨 말?"

수혁이 되묻자 선호는 고개를 절레절레 저었다.

"역시 이럴 줄 알았어. 제 연락을 모조리 씹은 건 선배예요! 그러곤 한참 잠수 타다가 이렇게 만난 거고요. 그러면 적어도 먼저 안부는 물어봐줘야 하는 거 아니에요?"

"잘 지냈어?"

"젠장! 로봇 같은 건 똑같네."

선호는 한숨을 푹 쉬었다. 수혁은 잠시 머뭇거리다가 말했다.

"지난 일은 나중에 이야기하자. 지금은 수지를 찾는 일에 집중해줘. 그 아이를 꼭 살리고 싶어."

“진심이었어요? 선배는 정말로 그 아이를 치료할 수 있다고 생각하는 거예요?”

“진심이야. 살리고 싶고, 살릴 수 있어.”

“선배는 그때도 그랬어요. 무작정 그 범인 살리려고 했다가 모든 걸 망쳤다고요! 내가 얼마나 힘들었는지 알아요? 내가 맡게 된 그 아이, 선배라면 살릴 수 있지 않았을까…… 몇 번이나, 아니 몇백 번이나 그 생각을 했다고요. 그때만 생각하면 아직도 손이 떨려요.”

“미안하다.”

수혁은 거의 꺼질 듯 잠긴 목소리로 말했다. 그러고는 덧붙였다.

“도와줘.”

“안 될걸요. 제가 판단하기엔 아무리 선배라도 수술로 그 종양을 다 제거할 순 없어요!”

선호는 그렇게 말하며 한때는 동경해 마지않았던 선배를 노려봤다. 둘은 같은 의대를 나왔다. 심지어 기숙사 방도 같았다. 학생 때부터 천재라고 불렸던 수혁은 매사에 냉정하고 철두철미했지만 가장 친한 선호 앞에서는 종종 풀어진 모습을 보이곤 했다. 수혁의 아내이자 유나의 엄마가 이른 나이로 세상을 떠났을 때도 수혁은 얼음장 같은 표정을 장례식 내내 유지했다. 그리고 화장장에서 돌아오는 길에 수혁은 흐느껴 울었다. 소리를 한껏 죽인 채로. 그 옆에 유나를 안은 선호가 타고 있었다. 선호는 수혁을 따라 강남미래대학병원을 선택했다. 강남미래대학병원이 국내 최고의 병원이라서가 아니라, 천재 김수혁이 일하는 곳이라서 망설임 없이 지원했다. 그랬던 수혁이 무너졌고, 사라졌다가 이 꼴로 나타났다. 맹렬한 분노와 함께 이 사람을 다시 만나 반갑다는 서로 다른 두 감정이 충돌하며 선호를 괴롭혔다. 그래서 더 차갑게 말하고 싶었다.

"네가 도와주면 가능할 거야."

수혁은 덤덤하게 말했다.

"수술 성공을 바라는 건 이 병원 사람들뿐이에요. 잘 알잖아요?"

더, 더 차갑게 쏘아붙였다. 그런 선호를 향해 수혁이 말했다.

"그래서 더 성공하고 싶어."

두식과 미지는 4층 복도로 들어섰다. 늦은 오후로 접어들기 시작하면서 길고 옅게 변한 햇살이 창문으로 스며들어왔다. 그럼에도 불이 모두 나가 복도는 어두컴컴했다. 수술실이 있던 3층에서 계단을 올라 4층으로 향하는 동안 이상한 점을 발견하지는 못했다. 입원 환자가 있는 5층은 격리를 했다. 그건 수지가 들어갈 수 없다는 뜻이었다. 결국 중앙 계단을 이용해 어딘가로 올라갔거나 내려갔다는 건데, 두식은 제발 4층만은 아니길 바라고 있었다.

"우리가 왜 이런 일까지 해요? 이상하지 않아요?"

미지는 기본적으로 목소리가 컸다. 두식은 제발 입을 닫으라고 말하고 싶었다. 어디서 감염자가 튀어나올지 모르는 상황인데 저렇게나 무신경하다니…….

"저…… 선생님. 목소리를 조금 낮추는 게…….”

최대한 차분하고 이성적으로 말했지만 소용없었다. 미지는 다시 떠들었다.

"근데 감염자들, 아무리 봐도 그냥 괴물이던데? 다 총으로 쏴 죽이는 게 훨씬 이득이지 않아요?"

그때 앞쪽에서 부스럭거리는 소리가 났다. 두식은 움찔했다. 몇 미터 앞에 ‘정비실’이라는 간판이 붙은 방이 있었다. 그곳 문이 조금 열린 채였다. 소리는 거기서 났다.

"저기 있나 봐요."

두식은 손가락으로 정비실 쪽을 가리켰다. 목소리는 거의 기어들어갔다.

"뭐라고요?"

미지가 무심한 표정으로 다가와 물었다.

"쉿! 걔가 저기 있다고요!"

두식은 화들짝 놀라 말했다. 미지는 고개를 갸웃하더니 휘적휘적 걸어 정비실로 다가갔다.

"그럼 확인해보면 되죠."

그렇게 중얼거리면서.

"잠깐……."

두식이 말려도 소용없었다. 당황한 두식은 우물쭈물하다가 미지 뒤를 따라갔다. 문득 지난주 모임에서 배웠던 자기 확신 메시지가 떠올랐다. 망설이지 않고 되뇌었다.

"넌 강해! 넌 할 수 있어! 넌 겁먹지 않아! 두렵지도 않고, 씨팔 존나게 세다고!"

"그게 뭔 말이에요?"

미지가 뒤를 돌아보며 물었다.

"내향인을 위한 자존감 향상 모임이 있어요. 제, 제가 거기 나가는데 매주 하나씩 메시지를 배우거든요. 지난주 에는……."

"찌질해."

미지는 그 말을 남기고 정비실 문을 벌컥 열었다. 두식 은 혹시 몰라 멀찌감치 떨어져 섰다. 그러고는 고개를 길 게 빼서 안을 들여다봤다. 정비실 안은 어두웠다. 청소 도 구가 잔뜩 쌓여 있는 것 같았다. 희미하게 비쳐드는 빛으 로 봐서 아마 창문이 있는 듯했다.

"조, 조심해요."

두식이 속삭였다.

"조심할 거 없어요!"

미지는 성큼 안으로 들어가 커튼을 걷었다. 순간, 실내 가 확 밝아졌다. 두식도 안으로 들어갔다. 미지가 열린 창 문 쪽으로 손을 뻗고 있었다. 그러고는 턱짓으로는 선반 에 놓인 비닐을 가리켰다. 비닐이 바람에 나부끼며 부스 럭 소리가 났다.

"이거였구나. 착각했어요."

두식은 안도의 한숨을 쉬며 말했다. 그때였다.

"크아아!"

거친 포효가 4층 복도에 메아리쳤다. 절대 착각할 수 없는 소리였다.

서희는 심장이 너무 세차게 뛰어 숨쉬기가 힘들 정도였다. 시야도 좁아졌다. 무릎 아래로 점점 힘이 빠져나가는 걸 느꼈다. 이대로는 안 된다고 생각하면서도 멈출 수 없었다. 수지를 찾아야 했다. 만약 수지에게 무슨 일이라도 생긴다면…….

"아!"

결국 다리가 풀리면서 오른쪽 발목을 삐고 말았다.

"선배! 괜찮아요?"

엉거주춤 선 서희를 향해 윤형이 놀란 얼굴로 물었다. 두 사람은 3층을 살펴보고 있었다. 정신없이 마구잡이로 뛰는 서희가 불안해 보였는데 결국 사고가 나고 말았다. 윤형은 서희를 부축해 일단 벤치에 앉혔다. 서희는 멍하니 정면만 봤다. 턱을 타고 땀이 흘러내렸다. 뚝. 땀방울이 손에 떨어졌지만 서희는 알아채지 못한 것 같았다.

"잠깐 숨 좀 돌려요."

윤형이 다시 말했다. 그러자 서희는 고개를 저었다.

"수지 찾아야지."

"당연하죠! 근데 일단은 숨 한 번 고르자고요."

"난 수지를 피해 도망쳤어. 내가 수지 엄만데."

서희는 어두운 표정으로 중얼거렸다.

"어쩔 수 없는 상황이었잖아요."

윤형은 조심스레 위로의 말을 던졌다. 자주 다투긴 해도 서희가 수지를 얼마나 사랑하는지는 잘 알았다. 누군가는 서희를 향해 피도 눈물도 없는 냉혈한이라 했지만 적어도 딸 일에 있어서만은 마음 약한 엄마 그 자체였다. 윤형은 순간 자기 어머니를 떠올렸다. 이제 할머니가 된 어머니는 벌써 삼십대가 된 자신에게 아직도 차 조심하고 밥 잘 챙겨 먹으라는 말을 한다. 언젠가 한번 물었다. 그런 당부하는 거 이젠 지겹지 않냐고. 그때 어머니가 이렇게 말했다. 자식이 지겨워지는 순간은 없다고.

"수지…… 여전히 내 딸이겠지?"

그렇게 묻는 서희의 눈동자가 떨렸다.

"그럼요. 수지는……."

윤형이 입을 연 순간 비명이 들렸다. 굵은 남자 목소리였다. 서희가 벌떡 일어났다.

"4층이지?"

"네!"

서희는 절뚝거리면서도 곧장 4층으로 달려 올라갔다. 윤형도 서희와 나란히 뛰었다. 그사이에도 비명은 계속 들렸고, 그건 곧 처절한 외침으로 바뀌었다.

"살려주세요!"

두 사람이 4층에 도착했을 때는 이미 사건이 일어난 뒤였다. 수지가 쓰러진 두식의 위에 올라탄 채 으르렁거리고 있었다. 두식은 손을 뻗어 수지의 턱을 밀어내며 간신히 버티는 중이었다. 수지 입에서 흘러내린 거품 섞인 침이 곧 먹잇감이 될지도 모를 두식의 얼굴에 떨어졌다. 잔뜩 말아 올린 입술을 비집고 수지의 이가 드러났다.

"수지야!"

서희가 딸의 이름을 불렀다. 수지는 반응하지 않았다. 밑에 깔린 고깃덩어리에만 집중하고 있었다. 눈빛이 번들거렸다. 그 눈으로 두식을 쏘아보며 수지가 포효했다.

"크아아!"

"수지야, 안 돼!"

딸에게 달려가려는 서희를 윤형이 간신히 붙잡았다. 그때 복도 끝 비상계단 문을 열고 수혁과 선호가 달려 나왔다. 수혁 눈에는 비교적 상황이 객관적으로 보였다. 아니, 그렇게 보려고 최대한 노력했다. 두식은 아직 공격당한 것 같지는 않았다. 하지만 언제까지나 막고 있지도 못할 것이다. 함께 있던 간호사, 미지는 다행히 조금 떨어진 곳에 서 있었다. 정비실 앞이었다. 오히려 걱정되는 건 서희였다. 그는 윤형을 뿌리치고 금방이라도 수지에게 달려갈 듯한 모습이었다.

"침착해요. 침착해야 해요."

수혁은 서희를 향해 손을 들어 보였다.

"빨리 좀 도와줘요!"

두식의 애절한 목소리가 울려 퍼졌다. 거기에 반응하듯 수지 역시 거친 숨소리를 내뿜었다. 수혁은 천천히 수지를 향해 다가갔다. 그러자 선호가 수혁의 팔을 잡았다.

"어쩌려고요?"

"생각이 있어."

수혁은 그렇게 말한 뒤 몇 걸음 더 옮겼다. 그 순간 서희와 윤형 뒤편으로 군인들이 모습을 드러냈다. 상병 둘은 고무탄을 장전한 소총을 들었고, 고 중위는 권총을 빼들고 있었다. 고 중위가 날카롭게 소리쳤다.

"모두 물러서세요!"

세 명의 군인은 서희와 윤형을 지나서 수지 쪽으로 한층 다가갔다. 그걸 본 서희가 대번에 반응했다.

"뭐 하는 거예요? 그거 빨리 내려놔요!"

고 중위는 권총을 거둘 생각이 없어 보였다. 그는 냉정한 표정으로 수지를 향해 정확히 권총을 겨냥했다. 수지는 그런 상황에서도 두식만을 노렸다. 수지의 이와 두식의 얼굴이 점점 가까워졌다. 두식은 이제 컥컥 소리만 냈다.

"안 됩니다. 저 아이가 누군가를 공격하면 바로 발포하라는 명령을 받았습니다."

그렇게 말하는 고 중위 앞을 서희가 가로막았다.

"절대 안 돼!"

서희의 외침에도 고 중위는 흔들림이 없었다.

"다른 방법 있습니까?"

"수지는……."

서희가 절망적인 표정으로 뒤를 돌아봤다. 두식의 얼굴 바로 위에서 수지가 입을 닫았다가 열기를 반복했다. 그렇게 허공을 깨물 때마다 딱딱딱, 하는 섬뜩한 소리가 울렸다.

"으으."

두식은 가느다랗게 신음을 흘렸다. 점점 힘이 빠져나가고 있었다.

"잠깐 멈추세요! 제가 해결하겠습니다."

수혁이 다시 나섰다. 그는 복도에 나와 있는 침대에서 시트를 벗겨냈다. 그러고는 선호와 윤형과 눈을 마주쳤다. 일종의 신호였다. 하나…… 둘…… 셋! 마음속으로 수를 센 수혁은 시트를 펼쳐 수지의 얼굴을 가렸다. 순간 시야가 차단된 수지가 발버둥 치기 시작했다. 동시에 선호와 윤형이 각각 다른 쪽에서 달려와 수혁과 함께 수지를 안아 올렸다.

"고마워요."

두식이 상체를 일으키며 흐느끼는 사이 수혁이 소리쳤다.

"빨리 수술실로!"

어느덧 오후 5시가 넘었다. 여름이라 아직 해는 쨍쨍했지만 저 멀리 서쪽 하늘에서는 먹구름이 몰려왔다. 경찰 버스로 만든 차 벽 앞에는 수십 명의 사람이 모여 있었다. 재난안전대책본부에서 세운 대형 스크린을 중심으로 왼쪽에 모인 이들은 '그들도 인간이다!'라고 적힌 피켓을 들고 같은 구호를 계속 외쳤다. 반대로 오른쪽에 모여 소리치는 사람의 수도 적지 않았다. 그들의 구호도 하나였다. '우리에게 안전을!'

대형 스크린에는 각 방송사에서 드론으로 촬영한 폐쇄 구역 내부 영상이 번갈아가며 나오는 중이었다. 동교동과 연남동 일대는 전쟁터 같았다. 도로에는 멈춰 선 차가 가득했고, 거리거리마다 감염자들이 곳곳에 상처 입은 모습으로 걷거나 뛰어다녔다. 특히 드론에 반응해 포효하는 모습은 섬뜩함을 연출하기에 충분했다.

촬영한 영상 외에도 여러 토론 프로그램이 각기 다른 방송사에서 진행되며 갑론을박이 계속됐다. 왼쪽 사람들은 자기들 주장과 비슷한 의견이 나오면 환호했고, 오른쪽 사람들 역시 마찬가지로 반응했다.

기자 한 명이 왼쪽 시위대에서 열렬히 구호를 외치던 여성을 섭외해 인터뷰를 진행했다.

"감염자들이 인간이라고 생각하는 이유가 뭔가요?"

여성은 대답했다.

"치료할 수 있다잖아요! 치료가 가능하면 병에 걸린 거고, 그렇다면 그걸 치료해줘야죠! 우린 같은 인간이니까요."

기자가 질문 하나를 더 던지려 할 때 시위대 양측이 모두 술렁거리기 시작했다. 스크린에 홍대푸른병원이 등장했다. 옥상에서 감염자들이 뒤섞여 불타는 모습이 드론 카메라에 생생하게 잡혔다. 검은 연기가 하늘 높이 치솟았다. 기자의 목소리가 깔렸다.

"지금 보시는 게 바로 그 홍대푸른병원입니다. 현재 옥상에서 원인 불명의 화재가 발생했습니다. 불길에 이끌린 감염자들이 멀리서도 홍대푸른병원으로 다가오는 상황입니다. 아! 잠깐만요. 지금 아주 중요한 제보 영상이 들어왔는데요…… 영상부터 보시죠!"

드론 촬영 영상이 사라지고 핸드폰 카메라로 찍은 듯한 가로로 잘린 영상이 재생됐다. 병원 내부였고, 수지가 두식을 덮쳐 거의 물어뜯기 직전까지 밀어붙이고 있었다. 두식의 처절한 비명과 수지의 으르렁거리는 소리가 고스란히 담겼다. 줌까지 당겨 찍은 덕분에 한껏 일그러진 수지의 얼굴이 더 크고 극적으로 보였다. 또한 괴물처럼 보였다.

이전의 술렁임은 아무것도 아니었다. 그 영상이 재생되는 동안 여기저기서 탄식이 흘러나왔다. 모두 웅성거렸다. 왼쪽 시위대마저 굳은 표정으로 맹렬히 날뛰는 수지를 보고 있었다. 기자가 다시 말을 이었다.

"이 영상, 방금 병원 내부에서 발생한 일이라고 합니다. 영상으로 봤을 때는 이 여학생은 전혀 차도가 없는 것 같습니다. 강서희 앵커와 김수혁 의사가 모두를 속이려 한 걸까요? 의문이 드는 상황입니다."

그때였다. 오른쪽 시위대에서 또 다른 여성이 간이로 만든 단상 위로 뛰어올랐다. 그러고는 큰 소리로 외쳤다.

"김수혁은 그때도 지금도 괴물을 살리려 한다!"

수많은 박수갈채가 쏟아졌다. 대형 스크린에는 두식이 수지에게 공격받는 영상이 반복해서 흘러나왔다.

선호는 수술실에서 멀찌감치 떨어져 조민구 원장의 전화를 받았다.

“그 여자애가 사고를 쳤더군. 아주 적절한 순간에.”

“아셨습니까? 그런데 어쨌든 상황은 수습했고, 수혁 선배가 다시 수술할 예정입니다. 물론 실패하겠지만요.”

선호는 목소리를 낮춰 보고했다.

“좋아. 당연히 실패하더라도, 그걸 더 적극적으로 방해해 봐. 내가 말했지? 실패에도 증명이 필요하다고. 그 아이를 치료할 수 없다는 사실만 대외적으로 공식화되면, 오늘 밤 10시에 그 구역 안으로 무장 병력이 진입할 거야.”

“알겠습니다. 제게 몇 가지 계획이 있습니다.”

“이번 일만 잘 성공하면 차기 외과 과장 자리는 자네 거야. 내가 약속하지. 강남미래대학병원의 최연소 과장이 되는 거야! 멋지지 않나?”

“감사합니다. 최선을 다하겠습니다.”

전화를 끊은 선호는 수술실로 향했다. 수술실에는 관계자 대부분이 다 모여 있었다. 수혁과 윤형이 수지의 팔다리를 누르고 있는 동안 효정이 결박을 이어갔다. 쉽지 않아 보였다. 날뛰는 수지는 성인 남성 두 사람도 쩔쩔매게 할 정도였다. 고 중위는 여전히 권총을 들고 있었다. 두식은 하얗게 질린 표정을 하고도 현미경이 든 상자를 주섬주섬 여는 중이었다. 수술실 전력도 복구된 듯 조명 불빛이 들어와 있었다. 정남이 피로에 전 얼굴을 쓸어내리며 군인들을 향해 말했다.

"당신들은 여기서 나가요. 이젠 우리가 알아서 합니다."

고 중위는 그 말에도 쉽게 물러서지 않았다.

"상황은 급변했습니다. 저 감염자가 인간을 공격한 이상 그냥 두고 볼 수 없습니다."

"우리 수지도 인간이에요!"

서희가 날 선 말투로 받아쳤다. 수술실 안에는 팽팽한 긴장감이 흘렀다. 그런 중에도 수지의 괴성은 계속됐다. 소리가 들리는 곳을 향해 고개를 이리저리 돌리며 포효하는 작은 아이는 도저히 인간처럼 보이지 않았다. 적어도 선호 눈에는 그랬다. 효정과 다른 간호사는 각각 수지의 팔다리를 묶은 다음 머리를 꽉 눌러 고정하려 했다. 저항이 심했다. 둘은 애를 먹고 있었다. 그 모습에서 눈을 떼지 않은 채 고 중위가 다시 말했다.

"저 감염자가 여전히 인간이라는 증거를 대십시오. 그러지 않으면 처리하고 보고하겠습니다."

“그게 무슨 소립니까?”

이번에는 수혁이 맞섰다. 그 역시 피곤해 보이기는 마찬가지였다. 그래도 눈동자만은 이글이글 타올랐다.

“말 그대롭니다. 감염된 저 아이가 인간이라는 증거! 그걸 보여주십시오.”

“그러니까 수술을…….”

수혁은 그렇게 외치다 말고 멍하니 서희를 봤다. 서희가 군인들 사이를 지나서 수지에게로 향했다. 그러면서 말했다.

“괴물처럼 보이겠죠. 맞아요. 하지만 제 눈엔 다른 게 보여요. 아까는 발견 못 했지만, 우리 수지…… 계속 틈날 때마다 아랫입술을 깨물고 있었어요. 그건 제 딸이 힘겨울 때, 그래도 참아내야 할 때 하는 습관 같은 거예요. 저도 같은 습관이 있죠. 그건 수지도 지금 싸우고 있다는 거예요. 최선을 다해서.”

“그건 주관적인 견해지 객관적인 증거가 아닙니다.”

고 중위가 서희를 노려보며 말했다.

“보여줄게요. 남 피디, 지금부터 다시 방송 시작해. 내 모습 똑똑히 찍어.”

서희는 그 말과 함께 수지를 향해 거침없이 다가갔다.

"어어!"

윤형은 화들짝 놀라면서도 카메라를 켜 서희를 찍기 시작했다. 수혁이 말리려는 찰나, 서희는 이미 딸 바로 곁에 도착해 얼굴 쪽으로 손을 내밀었다. 수지는 눈앞으로 다가온 손을 깨물려는 듯 고개를 번쩍 들며 으르렁거렸다. 수혁이 재빨리 서희의 어깨를 잡았다.

"참으세요. 의사로서 말씀드리는 겁니다. 이건 좋은 방법이 아니에요."

"아뇨. 가장 확실한 방법이에요."

수혁의 손길을 뿌리친 서희는 수지의 이마에 자기 손을 살짝 얹었다. 그러고는 얼굴을 가까이 댔다.

그 모든 상황을 지켜보던 선호는 자기가 주먹을 꽉 쥐고 있다는 걸 깨달았다. 긴장한 탓에 손바닥은 땀으로 젖어 있었다.

서희가 조용히, 속삭이듯 노래하기 시작했다.

18시 30분 :

파국

야차는 TV를 보고 있었다. 대형 화면에 홍대푸른병원의 불타는 옥상이 똑똑히 나왔다. 드론이 근접 촬영을 한 듯 불에 타 녹아내린 감염자의 모습이 너무나 생생하게 보였다. 그들은 하나의 불쏘시개가 되어 화려하게 타올랐다.

"어쩐지 점점 더 몰리더라!"

TV에서 눈을 뗀 야차는 정문에 세워놓은 매트리스 틈으로 바깥을 확인했다. 감염자들이 마치 볼일이라도 있다는 듯 계속 문과 벽, 그리고 창문을 두드려대고 있었다. 30분 전에 확인했을 때보다 배는 더 불어난 상황이었다.

"들어오진 못하겠지?"

어느새 소정이 다가와 물었다. 야차의 조끼 주머니에서 얼굴을 내민 고양이는 소정의 팔뚝을 핥았다. 소정 역시 새끼 고양이의 작고 둥근 머리를 가만히 쓰다듬었다.

"맞아요. 누가 문 열어주는 거 아니면 저것들이 안으로 들어올 방법은 없지."

"다들 불안해하고 있어. 자꾸 모여드니까."

"괜찮을 거야. 저 위쪽에선 지금쯤 바쁘게 수술하고 있겠지?"

"그렇겠지. 누군가를 살리는 데 진심인 사람들이니까."

"그럼, 저 바깥에 있는 것들도 다 치료할 수 있다는 거예요?"

"그럴 수 있길 바라야지."

"치료라……."

야차는 그렇게 중얼거리며 다시 밖을 내다봤다. 순간 감염자 한 명과 눈이 마주쳤다. 회백색 눈이 야차를 응시했다. 감염자와 이토록 가까이 붙어서 시선을 교환한 건 처음이었다. 유리문 하나를 사이에 두고 마주한 감염자는 마냥 사납게만 보이지는 않았다. 그건 눈 때문이었다. 희멀건 눈이 상한 달걀처럼 끔찍하고 혐오스럽다고만 생각했는데, 가까이서 보니 눈빛이 담겨 있었다. 탁한 흰색 막 아래에는 잔뜩 겁먹은 평범한 사람의 눈동자가 사라지지 않고 있었다. 아무리 포효하고 으르렁거려도 눈빛은 다른 말을 했다.

도와줘!

문에서 물러난 야차는 다시 TV 쪽으로 고개를 돌렸다. 그 앵커의 라이브 영상이 뉴스에 소개되고 있었다.

엄마가 섬 그늘에 굴 따러 가면
아기는 혼자 남아 집을 보다가
바다가 들려주는 자장 노래에
팔 베고 스르르르 잠이 듭니다.

아기는 잠을 곤히 자고 있지만
갈매기 울음소리 맘이 설레어
다 못 찬 굴바구니 머리에 이고
엄마는 모랫길을 달려옵니다.

서희의 노래가 이어지는 동안 수지는 거짓말처럼 안정

을 찾았다. 여전히 그르렁거리는 소리를 내긴 했지만 더 이상 버둥거리지도, 그리고 사납게 울부짖지도 않았다. 수지가 서희를 바라보는 눈빛 역시 부드러웠다.

"자, 이제 그쪽은 나가주시겠습니까?"

수혁이 고 중위를 향해 말했다. 고 중위는 여전히 의심스럽다는 표정을 지우지 못하면서도 수혁의 말을 순순히 따랐다.

"밖에서 대기하자."

고 중위는 그렇게 말하며 상병 둘을 데리고 수술실 밖으로 나갔다. 수혁은 서희를 향해 다시 말했다.

"이젠 저희 의료진이 힘을 내보겠습니다. 두 분도 나가서 기다려주세요."

"네. 우리 수지, 잘 부탁해요."

"알겠습니다. 맡겨주세요."

서희는 수혁의 말을 듣고 수술대를 돌아 윤형에게로 향했다. 그러고는 후배에게 고개를 끄덕여 보였다. 윤형은 잠시 수지를 보다가 서희를 따라 이내 수술실을 나갔다.

이제 수술실에는 그야말로 의료진만 남았다. 수혁은 의자에 앉아 아픈 허리를 연신 두드리며 차트를 보는 재호에게 말을 걸었다.

"오랜만입니다."

"나야말로. 김 교수가 잘 지내는 거 보니 안심이군."

재호는 은색 안경을 고쳐 쓰며 말했다. 그 옆에는 원래 수술을 돕던 마취과 의사가 멀뚱히 서 있었다.

"뭘 좀 알아내셨습니까?"

수혁이 물었다. 그가 알기로 재호는 우리나라 최고의 마취 전문가였다. 둘은 강남미래대학병원에서 함께 여러 수술을 집도해왔고, 그동안 재호는 한 번도 실수하지 않았다. 안타깝게도 재호는 원장 라인이 아니었다. 사실 그 누구와도 친밀한 관계를 맺지 않았고, 늘 마취과에 틀어박혀 혼자만의 세계에 빠져 살았다. 수혁이 강남미래대학병원에서 마지막 몇 달을 보내는 동안에도 재호는 이미 충분히 늙은 상태였고 은퇴하라는 무언의 압박을 받고 있었다. 수술에 배치받지도 못했다. 그 흔한 교수 자리도 재호에게는 돌아오지 않았다. 그나마 수혁과 이런저런 이야기도 하고 점심을 같이 먹기도 했다. 그럴 때도 재호는 마취 이야기밖에 안 했는데, 그 순간만큼은 아이처럼 밝은 표정을 지었다.

"검사 기록과 수술 기록을 꼼꼼하게 다 읽었어. 그러다가 발견했지. 이 환자, 마취가 안 되지? 그 이유를 알 것 같아."

재호는 계속 차트에 시선을 고정한 채 말했다.

"반가운 소리네요. 그래서 어떻게 하면 될까요?"

수혁이 물었다. 그러자 재호가 안경을 다시 추켜올리며 말했다.

"프로포폴의 작동 원리는 뇌의 동적 안정성을 깨뜨려 무의식에 이르게 하는 건데……."

"그래서 방법은요?"

자칫 장광설로 이어질지도 모르는 재호의 말을 자르며 수혁이 다시 물었다. 그때였다. 심전도 기기에서 경보음이 울렸다. 마침 옆에 서 있던 선호가 BIS 모니터를 확인했다. 그러고는 외쳤다.

"선배. 이 아이, 부정맥이 심해요. 게다가 혈압은 비정상적으로 높고 반대로 체온은 고작 32도예요. 인간이라면 이런 상태에서 생존 못 한다는 거, 선배도 잘 알잖아요. 마취고 뭐고, 여기서 중단합시다. 그러면……."

"그러면? 저기 밖에 있는 감염자 모두 양심의 가책 없이 죽여서 간편하고 깔끔하게 싹 다 정리한다?"

수혁은 선호를 똑바로 보고 있었다. 딱히 화난 표정은 아니었다. 그래도 선호는 슬그머니 시선을 돌렸다.

"여기 있는 우리 모두 알아요. 그편이 훨씬 이득이라는 거. 백번 양보해서 이 아이를 수술로 치료한다고 쳐요. 그런데 바깥의 저 많은 감염자는 무슨 수로 치료하죠? 일일이 다 붙잡고 머리를 열 겁니까, 네?"

선호가 말했다. 수혁은 고개를 저었다.

"아니야. 의사는 말이야, 눈앞의 환자가 1퍼센트라도 치료 가능성이 있다면 거기에 승부를 걸어야 하는 거야. 나는 이 아이를 수술할 거야. 그 뒤에 일어날 일은 몰라. 다만, 난 후회하고 싶지 않아. 그래서 최선을 다할 거야."

"하아."

선호는 깊은 한숨을 쉬었다.

"내가 더 이야기해도 될까?"

재호가 물었다.

"네. 마취, 어떻게 하면 됩니까?"

그렇게 묻는 수혁을 향해 재호는 설명을 시작했다.

"프로포폴 투여량을 3분의 1로 줄어야 해. 안 그래도 감염자의 뇌는 흥분 상태이니 프로포폴이 조금만 자극을 줘도 바로 반응할 거야."

"네? 3분의 1이요? 그걸로 어떻게 마취를……."

마취과 의사가 반문하자 재호는 피식 웃었다.

"되는지 안 되는지는 확인해보면 알겠지."

"좋습니다. 그러면 수술 시작하겠습니다."

수혁의 말에 각자 자기 자리로 향했다. 선호는 잠시 머뭇거리다가 수혁 옆에 섰다. 그사이에도 수지는 안정적인 상태를 유지했다. 효정이 수지의 얼굴에 산소마스크를 조심스레 씌우는 동안 다른 간호사는 정맥 주사 라인을 확보했다. 그러자 재호가 나섰다.

"프로포폴 들어갑니다."

재호가 정맥 주사로 프로포폴을 주입하자 수지는 금세 의식을 잃고 잠에 빠져들었다. 그러는 동안 수혁은 수술대에 손을 짚고 눈을 감고 있었다. 지금은 수혁이 할 일이 없었다. 오로지 마취과의 몫이었다.

"삽관합니다."

효정이 말했다. 인공 호흡을 위한 굵은 관이 수지의 입을 통과해 위까지 들어갔다. 이제는 근육이완제를 넣을 차례였다. 재호가 다시 말했다.

"로크로늄 들어갑니다."

재호의 설명대로 프로포폴 양을 줄인 결과 수지의 마취는 성공했다. 그리고 기도를 확보하고, 근육이완제까지 주사해 수술 준비를 마쳤다.

"환자 안정적입니다."

효정이 말했다.

"그런데 조명이 불안해."

그 말을 한 건 정남이었다. 안 그래도 수술실 조명은 지잉 소리를 내며 어두워졌다가 밝아졌다가를 반복했다.

"마취는 됐는데, 지속 시간이 한 시간 남짓일 거야. 워낙 변수가 많아서 장담할 순 없지만 한 시간 이상 지속은 어려워."

재호의 말까지 들은 후 수혁은 눈을 떴다. 그러고는 말했다.

"시작하겠습니다."

하늘은 한층 어두워졌다. 해가 지려면 멀었는데도 먹구름이 점령한 하늘은 햇빛을 찾아보기 힘들었다. 마포구 전체에 거대한 그림자가 드리운 듯했다. 홍대푸른병원 옥상은 여전히 불타고 있었다. 거의 십여 명에 달하는 감염자가 한데 뭉쳐 만들어낸 불기둥은 수십 미터 밖에서도 똑똑히 보였다. 부나방처럼 불기둥에 홀린 다른 감염자들이 여전히 꾸역꾸역 몰려들고 있었다. 상공을 맴도는 드론 여러 대도 감염자가 모이는 데 한몫했다. 드론이 내뿜는 요란한 소리 역시 감염자들을 자극했기 때문이다. 드론은 경쟁적으로 홍대푸른병원을 찍고 있었다. 정전이 돼 어두컴컴한 상태의 병원은 거대한 무덤처럼 보이기도 했다. 감염자들은 건물 삼면을 둘러싼 채 벽과 문에 다닥다닥 붙어 있었다.

그 모습이 방송국 드론에 고스란히 잡혀 재난 특집 방송으로 TV에서 흘러나왔다. 앵커가 말했다.

"강서희 앵커가 노래로 딸인 조수지 양을 진정시킨 후로 아직 다른 소식은 들리지 않는 가운데, 외부에서 보기에는 홍대푸른병원이 정전 상태인 것 같습니다. 과연 이런 가운데 수술을 성공시킬지 귀추가 주목되고 있습니다."

최명호 시장은 뉴스를 보며 시계를 확인했다. 잠정적으로 정해놓은 작전 개시 시각인 밤 10시까지는 이제 세 시간 정도 남았다. 길다면 길고, 짧다면 짧은 시간이었다. 군대와 경찰은 이미 비밀리에 무장을 마쳤다. 투입 지시만 기다리는 상황이었다. 10시 전에는 분명히 결판이 날 것이다. 수술 성공은 최명호 시장의 머릿속에서 이미 지워졌다. 조민구 원장이 장담했다. 그런 일은 벌어지지 않을 거라고. 조민구 원장은 속내가 시커멓긴 해도 맡은 일 하나는 잘 처리했다. 그래도 찜찜한 건 있었다. 강서희가 끔찍한 솜씨로 노래를 부르고, 거기에 반응한 딸이 잠잠해지는 모습은 보기 불편했다. 그건 여론에 영향을 미칠 만한 영상이었다.

핸드폰이 진동했다. 때마침 조민구 원장이 전화를 걸어왔다. 최명호 시장은 바로 전화를 받았다.

"원장님."

"시장님. 노고가 많으십니다."

조민구 원장의 말에 최명호 시장은 엄살을 덧붙였다.

"민원 탓에 죽을 지경입니다. 폐쇄 구역 내 무고한 시민 수백 명이 빨리 대책을 마련하라고 성화라서요. 어쨌든 그 시민들을 안전하게 보호하는 게 제 책임 아닙니까."

"맞습니다. 당연히 그게 우선이죠."

“그나저나 홍대 병원 상황은 어떻습니까?”

최명호 시장은 넌지시 물었다.

“안 그래도 그것 때문에 연락드렸습니다. 다시 수술을 시작한 지 얼마 안 됐고, 병원 전체가 정전이 된 건 확실하답니다.”

조민구 원장이 대답했다. 최명호 시장은 궁금증을 참지 못했다.

“그런데 어떻게 수술합니까? 바로 실패해야 하는 거 아닙니까?”

“수술실은 비상 전력이 가동될 겁니다.”

그 대답에 최명호 시장은 다시 물었다.

“수술 성공 가능성은 몇 퍼센트 정도로 보십니까?”

“그건 명확히 알 수 없습니다. 다만, 혹 수술이 성공한다 해도 시장님의 계획에는 전혀 차질이 없을 겁니다.”

“확실한 방법이 있나 봅니다?”

“그렇죠. 실패를 증명해낼 수 없다면 성공 자체가 없던 일이 되도록 하면 되죠.”

최명호 시장은 조민구 원장이 정치를 했어도 성공하지 않았을까 생각했다. 그는 정치인의 자질을 갖추고 있었다. 쉬운 말도 그럴싸하게 포장해 마치 거창한 뭔가가 있는 것처럼 쏟아낸다는 점이 딱 그랬다.

"성공 자체가 없던 일이 된다…… 그것참 마음에 드는 표현이네요."

그렇게 말하며 최명호 시장은 만족스러운 미소를 지었다.

두식은 미세 현미경을 설치하기 시작했다. 독일에서 제작된 이 기계는 부피가 꽤 나갔다. 실험실용 현미경을 상상했다가는 놀랄 수밖에 없는 크기였다. 주로 디스크 수술이나 척추 질환 수술에 사용하는 미세 현미경과도 또 다른 형태였고, 피부암을 제거하는 미세 도식 수술용 현미경과도 다르게 생겼다. 뇌종양 수술에 사용하는 이 현미경은 종종 코끼리로 불렸다. 큰 몸체에서 뻗어 나온 팔 모양 지지대와 그 앞에 달린 현미경이 코끼리 코처럼 보였기 때문이었다. 게다가 이 기기는 전력을 무지막지하게 소비한다는 점에서도 코끼리와 비슷했다.

"전력이 버텨줘야 할 텐데요."

깜박거리는 조명을 올려다보며 두식이 말했다.

"어쩔 수 없지. 지금은 일단 설치해보는 수밖에."

옆에 서서 지켜보던 정남이 한마디 거들었다. 그사이 수혁과 선호는 수지의 머리를 다시 열었다. 첫 수술 때 이미 뇌를 열어둔 터라 다시 번거로운 작업을 할 필요는 없었다. 수지의 머릿속을 들여다본 선호는 대번에 얼굴을 찡그렸다.

"종양이…… 너무 많은데요?"

그 말 그대로였다. 전두엽을 포함해 뇌 곳곳에 크고 작은 종양이 돋아나 있었다.

"내가 많이 제거했는데 그새 또 자라났어."

수혁이 말했다.

"이걸 한 시간 안에 다 제거할 순 없어요."

선호의 말에 수혁이 메스를 들며 대답했다.

"해봐야지. 아니, 해내야지."

선호는 종양 제거를 시작한 수혁의 옆모습을 슬쩍 봤다. 눈빛만은 예전의 김수혁과 달라진 게 없었다. 목표로 한 것은 반드시 이루고 마는, 때로는 냉혈한이라 불릴 만큼 목표를 향해 차갑게 내달리던 선배. 다시 마주했을 때는 수혁 특유의 독기가 다 빠져 보였는데 아니었다. 그저 잠자고 있을 뿐이었다. 수혁은 신기에 가까운 솜씨로 종양을 제거했다. 여러 크기의 종양이 차례차례 잘려 나갔고, 그렇게 제거한 덩어리는 트레이에 담겼다.

"20분 흘렀어."

재호가 시간을 확인하고는 말해주었다.

"후우."

수혁은 잠시 멈춰서 숨을 골랐다. 선호는 그 순간 수혁이 오른손을 떠는 걸 놓치지 않고 지켜봤다.

"선배. 그 손……."

떨리는 오른손으로 메스를 꽉 잡으며 수혁이 대답했다.

"술 때문이야. 이제 끊었는데 아직 손은 완전히 회복 안 됐어. 그래서 그동안 수술도 마다했던 거고."

"그런데 왜 이 아이는 특별 대우를 하는 거예요?"

……그래서 일이 꼬였잖아요.

선호는 뒷말은 속으로 삼켰다.

"유나가 겹쳐 보였다고 하면 너무 신파인가?"

수혁이 말했다. 마스크 속의 입이 희미하게 웃고 있을 것만 같았다. 선호는 아무런 대꾸도 하지 못했다. 그랬기에 다시 수지에게 주의를 기울였다. 그새 새로운 종양이 돋아나 있었다.

"선배. 또 생겼어요."

선호는 종양을 가리키며 말했다. 수혁이 곤란하다는 듯 고개를 갸웃하며 이야기했다.

"종양 생겨나는 속도가 너무 빨라. 겉으로 드러난 종양만 계속 제거해서는 안 될 것 같아. 종양을 만들어내는 핵심을 찾아야 해."

"모체 말이군요."

"맞아. 최초의 감염 종양을 통해 다른 종양이 증식하고 있는 거야. 현미경 설치는?"

수혁은 그렇게 물으며 두식을 봤다. 두식은 모든 작업을 다 끝내고 막 콘센트에 전선을 연결한 참이었다.

"다 됐어요."

현미경이 웅, 하는 진동음과 함께 켜졌다. 수혁은 접안 렌즈에 눈을 가져다 댔다. 곧 수지의 뇌가 시야 한가득 들어왔다. 수혁은 배율과 렌즈 위치를 조정해가며 회색빛 뇌를 구석구석 살폈다. 그러다가 결국 발견했다.

"찾았어."

수혁의 말에 선호가 바짝 붙어 섰다.

"찾았어요?"

"여기 봐."

옆으로 비켜서서 선호가 현미경을 들여다볼 수 있게 하면서 수혁이 말했다. 선호 역시 현미경으로 수지의 머릿속을 살폈다.

"모체가…… 아! 여기 있네요!"

선호가 그렇게 외쳤다.

"보이지? 뇌간에 붙은 붉은색 종양. 그게 모체야. 현미경으로 보면서 그걸 제거하면……."

그 순간 현미경이 깜깜해졌다. 현미경 본체에서 일정하게 울리던 진동음도 사라졌다. 선호가 눈을 떼며 말했다.

"작동이 멈췄는데."

"아…… 역시 전력이 충분하지 않아서 이런 것 같은데요."

두식이 그 말과 함께 현미경을 살펴봤다.

"해결할 방법 없을까요?"

수혁이 물었다. 두식은 최대한 머리를 굴렸다. 수술실 조명이 켜진다는 건 어쨌든 비상 전력은 제대로 가동 중이라는 뜻이었다. 그렇다면 비상 발전기가 멀쩡하다는 이야기고, 바로 그 비상 발전기는 지하에 설치돼 있을 게 틀림없었다. 이렇게 오래된 병원에서는 고정형을, 그것도 디젤로 작동하는 비상 발전기를 사용하는 게 일반적이었다. 그건 두식이 조작할 수 있었다. 게다가 발전기 속 비상 전력을 모두 사용해 순간적으로 수술실에만 전력을 공급하게 할 수 있을 것 같았다. 보통은 소방 전원과 비상 전원을 공급하기 위해 사용하는 비상 발전기를 오로지 비상 전원용으로만 바꿔서 쓰는 셈이었다. 그런 조작은 별로 어렵지 않았고, 두식은 자기가 할 수 있다는 걸 알았다.

"제가 기계실에 다녀오겠습니다."

두식이 말했다.

"방법이 있어요?"

정남이 물었다.

"비상 발전기, 기계실에 있죠? 제가 손을 좀 보면 비상 전력을 수술방으로 모두 몰 수 있을 것 같거든요."

두식의 말에 이번에는 수혁이 물었다.

"혼자 괜찮겠어요? 위험하지 않아요?"

"수술은 교수님 일, 그리고 이 기계 작동하도록 하는 건

제 일인 걸요."

수줍게 웃으며, 두식이 말했다.

"그럼 부탁해요."

두식은 수혁을 향해 고개를 끄덕여 보인 후 밖으로 나갔다.

"아이고, 나는 좀 앉아야겠어."

수술을 잠시 멈춘 상황에서 정남이 앓는 소리와 함께 그렇게 말했다. 그러고는 벽에 붙은 간이 의자에 주저앉았다. 효정이 그런 정남을 보며 말했다.

"원장님. 종일 너무 고생하셨어요."

"어디 나뿐이야? 김 선생도 고생 중이지."

정남이 그렇게 말한 순간 수혁이 뭔가 대답하려고 돌아섰다. 그때였다. 행동이 굼뜨다 싶더니 수혁이 크게 휘청거렸다. 쓰러지기 직전, 선호가 수혁을 붙잡으며 소리쳤다.

"선배!"

화장실에서 나오려던 서희는 국장에게서 온 전화를 받았다. 찬물로 세수를 좀 하니 정신이 돌아왔지만 그래도 편두통은 사라지지 않았다. 이 타이밍에 걸려 온 국장의 전화는 그 두통을 더 심하게 만들 것 같았다. 그건 예감이라기보다는 거의 직감이었다.

"국장님."

서희는 어두컴컴한 화장실에 서서 전화를 받았다.

"자네 지금 뭐 하나?"

국장은 날 선 목소리로 물었다.

"방금까지 라이브 한 건 보셨죠? 수지는 수술 중이고 전 잠시 화장실 왔어요. 뭐 좋은 소식이라도 있어요?"

"미안한데 나쁜 소식은 있어."

그럴 줄 알았어.

서희는 속으로 중얼거렸다.

"뭔데요? 지금보다 더 나빠질 수 있는 게."

"강남미래대학병원에서 우리 뒤통수를 쳤어. 아니, 거기만이 아니지. 서울시에서 거하게 한 방을 먹인 거야."

"무슨 일인데 그래요?"

그렇게 물으며 화장실 벽에 기대섰다. 기운이 하나도 없었다. 윤형은 밖에서 하염없이 기다리고 있을 것이다.

"거기 투입된 의료진은 수지를 낫게 하려는 의도가 없

어. 어떻게 해서든 수술을 방해해 수지가 영원히 치료되지 못하게 하려는 거야. 감염자가 인간이라는 증명을 해낼 수 없도록."

"왜죠? 왜…… 아!"

서희는 이유를 알 것 같았다. 누구 머릿속에서 나온 지시인지는 몰라도 그 의도는 충분히 짐작하고도 남았다. 이번 사태를 빨리 해결하길 원하는 자들은 오후에 나왔던 이야기처럼 감염자 모두를 죽이고 싶어 한다. 감염되지 않은 시민을 위한다는 건 허울 좋은 핑계일 뿐이었다. 그편이 이득이니까 죽이려고 한다. 돈도 덜 들고 간편하며, 무엇보다 뒤탈이 없다. 그러니 감염자가 인간이 아니어야 했다.

"믿을 만한 정보원이 준 정보니까 확실할 거야. 강남미래대학병원 의료진은 믿지 마. 거기 있는 김수혁한테도 경고해주고. 알지? 이건 내가 수지를 걱정해서 알려주는 거야."

물론이다. 국장은 수지를 걱정할 것이고, 동시에 지금까지 내보낸 방송의 방향성에 대해서도 걱정할 것이다. 수지가 무사히 회복하는 쪽이 국장 입장에서는 이득이었다. 결국 각자의 이득을 위해 움직이고 있었다.

"알겠어요. 반격을 준비해봐야겠네요."

서희는 그렇게 대답했다.

"거기 간 차 교수인가 하는 의사는 강남미래대학병원 차기 외과 과장 자리를 약속받았다고 하더군."

국장이 다시 말했다.

"차선호. 그 인간이겠네요."

"맞아. 그 이름이었어."

"좋아요. 수지를 위해서라도 질 수 없죠! 생방송의 이점을 최대한 살려볼게요."

서희는 애써 힘차게 말했다. 머리는 여전히 쿡쿡 쑤셨고 이젠 헛구역질까지 올라오는 느낌이었다. 강남미래대학병원에서 온 의료진을 한 명도 믿을 수 없다면 수술에서 손을 떼게 만들어야 했다. 만만찮은 일이었다. 아득했다.

"행운을 빌어. 또 연락하지."

국장과의 통화를 끝낸 서희는 복도로 나왔다. 윤형은 보이지 않았다. 대신 익숙한 뒷모습이 눈길을 사로잡았다. 수술실과 같은 층에 있는 뇌신경과 진료실에서 선호가 막 나오고 있었다. 조용히 진료실 문을 닫은 선호는 그대로 몸을 돌려 이쪽으로 걸어왔다. 아직 서희를 발견하지 못한 것 같았다. 서희는 지금이라는 생각에 바로 말을 걸었다.

"차 교수님. 왜 거기서 나오죠?"

그제야 서희를 본 선호는 "아!" 하더니 곧 대답했다.

"선배, 그러니까 김 교수님이 현기증을 일으켜서 진료실 침대에 눕히고 왔습니다."

"수술은요?"

"잠시 중단했습니다. 전력 공급이 원활하지 않아서……."

"원하던 대로 됐겠네요!"

서희가 쏘아붙이자 선호는 아연한 표정을 지으며 물었다.

"무슨 뜻입니까?"

"당신은 실패하기 위해 여기 투입됐어요. 내 말이 틀렸나요?"

선호는 날카롭게 질문을 던진 서희를 물끄러미 봤다. 그러고는 고개를 한 번 끄덕했다.

"이미 다 알고 있는 것 같으니 부인하진 않겠습니다."

그 덤덤한 태도가 서희의 분노에 기름을 부었다. 목소

리가 커졌다.

"비겁하네요. 당신이 그러고도 의사야?"

"앵커님 마음은 이해합니다. 딸을 살리고 싶겠죠. 하지만 이후에 벌어질 일은 누가 책임지죠? 감염자를 수술로 치료할 수 있다는 게 공식화되면 이 나라는 혼란에 빠질 겁니다. 아니, 지금도 충분히 혼란스러워하고 있습니다. 수지의 수술이 완전히 성공한 게 아닌데도 말이죠. 이게 다 앵커님의 이기심, 그리고 섣부른 방송 때문에 벌어진 일입니다."

선호는 무표정한 얼굴로도 할 말을 다 했다. 서희는 이 뻔뻔한 남자를 노려본 채로 외쳤다.

"이기심? 난 수지를 위해서라면 뭐든 할 거예요! 그게 이기적인 행동으로 보인다 해도! 그러는 당신이야말로 이기적인 사람 아닌가요? 자기 성공을 위해 어린아이가 죽기를 바라는 거, 그게 바로 이기심이죠!"

"맞습니다. 전 이기적입니다. 그래서 모든 방법을 다 사용해 수혁 선배를 막을 겁니다."

"모든 방법?"

서희가 되물었다. 선호는 역시 표정 없는 얼굴로 말했다.

"강서희 씨. 그쪽 이름이 낯설지 않아 조사를 좀 했습니다. 그래서 알게 됐죠. 당신이 바로 그 기자라는 사실을."

순간, 서희의 낯빛이 변했다.

"뭐? 그게 무슨……."

"수혁 선배의 인생을 망친 기자가 있었죠. 자극적인 보도에 눈이 멀어 살인마를 수술한 수혁 선배의 신상을 공개했고, 그 결과 선배 딸인 유나가 따돌림을 당하다가 옥상에서 떨어져 죽었습니다. 하지만 그 기자는 오히려 승진해서 메인 뉴스 앵커가 됐죠."

"그만! 그만해요!"

"수혁 선배가 이 사실을 알게 된다면 어떨까요?"

"협박인가요?"

"아니요. 협상입니다. 감염자를 수술로 치료할 수 있다는 보도, 취소하십시오. 수지는 감염된 게 아니라 그저 사고를 당했던 겁니다."

"그러면 수지는?"

"수지는 책임지고 저희 쪽 의료진이 치료하겠습니다."

"거절한다면?"

서희는 최대한 선호를 똑바로 노려보려 애썼다. 눌리면

안 된다. 밀리면 안 된다. 물러서서도 안 된다. 기싸움에서 이겨야 했다. 하지만 주도권은 선호가 쥐고 있었다.

"당시 사건을 보도하던 강서희 씨 영상을 선배에게 보낼 수밖에요. 잘 생각하십시오. 시간이 얼마 없습니다."

선호는 그 말을 남긴 뒤 화장실로 향했다. 서희는 그 뒷모습을 노려보며 아랫입술을 깨물었다.

19시 00분:

관해

　　기계실은 어둡고 습하고 시끄러웠다. 두식은 핸드폰 플래시로 어둠을 밝히며 지하로 내려섰다. 증기기관차가 달리는 듯한 소리를 내는 건 보나 마나 비상 발전기였다. 게다가 그 기계는 누구나 알아볼 수 있을 정도로 거대했다. 소리를 따라 기계실 안쪽으로 들어간 두식은 어렵지 않게 비상 발전기를 발견했다. 예상했던 대로 디젤식이었다. 형태도 증기기관차의 그것과 흡사했다. 요란한 작동음과 함께 열심히 돌아가는 발전기 쪽으로 가까이 간 두식은 옆면의 조작판을 들여다봤다. 여러 버튼이며 밸브 등이 복잡하게 달려 있었지만 원리는 간단했다. 화재 발생 시

소비하기 위해 따로 모아둔 전력을 수술실로 싹 다 몰아주면 된다. 그러면 한 시간 정도는 충분히 버틸 것이다.

"어디 보자……."

플래시 불빛 아래 드러난 조작판을 꼼꼼히 살펴보고 있을 때였다. 어딘가에서 다른 소리가 들렸다. 비상 발전기의 거친 소음이 가려주기는 했지만 분명히 날카로운 소리가 났다. 뭔가가 쇳덩이에 부딪히는 듯한 깡, 하는 소리였다. 두식은 흠칫 놀라 주위를 두리번거렸다. 핸드폰으로도 여기저기 비춰봤다. 일단 눈에 보이는 건 없었다. 그래도 불안감이 스멀스멀 피어올랐다. 이럴 때 필요한 게 바로 자기 확신 메시지였다.

"넌 강해! 넌 할 수 있어! 넌 겁먹지 않아! 두렵지도 않고, 씨팔 존나게 세다고!"

그렇게 중얼거리고 나니 확실히 자신감이 올라왔다. 더는 무섭지도 않았다. 이제 해야 할 일에 집중할 수 있었다. 먼저 소방 전원 버튼부터 찾았다. 어렵지 않았다. 빨간색의 큼지막한 버튼이 존재감을 드러내고 있었다. 그걸 누르자 발전기 소리가 한층 더 커졌다. 두식은 풀 파워로 충전 중인 로봇을 떠올렸다. 그다음은 전력을 옮기는 데 사용하는 밸브를 찾을 차례였다. 이번에는 조금 어려웠다. 밸브는 다 같은 색이었고, 발전기 자체가 워낙 오래되어서 밸브 밑의 글씨를 알아볼 수 없었다. 그래도 찾을 수는 있을 것 같았다. 다른 사람의 뇌를 열고 문제점을 해결하는 능력은 없지만, 기계라면 두식도 자신 있었다. 게다가 자기 확신 메시지까지 중얼거리지 않았던가!

"이거야!"

두식은 머릿속에 떠올린 복잡한 설계도에서 딱 맞는 밸브 하나를 찾아냈다. 그건 조작판 상부에 달려 있었다. 누군가의 손을 한 번도 안 탄 듯 아주 말짱했다. 그걸 잡고 자신 있게 돌렸다. 아무런 일도 일어나지 않았다. 밸브가 겉돌았다. 문제는 거기 있었다. 세월이 지나며 느슨해진 밸브 조임새. 두식은 밸브를 꾹 누른 채로 돌렸다. 우웅. 그런 소리가 났다. 좋은 신호였다. 바로 재호에게 연락했다. 두 사람은 헬리콥터 안에서 연락처를 교환했다. 그때는 그저 예의상 번호를 물어본 거였는데, 지금 보니 선견지명이 있는 행동이었다. 두식은 스스로가 자랑스러웠다.

"오케이! 조명이 한층 환해졌어!"

재호는 전화를 받자마자 말했다.

"그렇죠? 제가 문제를 해결했거든요. 이제 현미경도 작동할 테니 수술 다시 해도 된다고……."

"또 어두워졌어."

밸브에서 손을 뗀 채 돌아서 나가려던 두식은 순간 당황했다.

"네?"

"아까하고 같아."

재호의 말에 두식은 서둘러 대답했다.

"잠깐만요. 제가 다시 볼게요."

"계속 이 상태면 내가 전화하지."

전화를 끊은 두식은 문제가 뭔지 바로 파악했다. 느슨한 밸브는 돌아가기만 할 뿐 제 역할을 못 하고 있었다. 눌러줘야 했다. 그 말은 결국 수술하는 내내 두식이 빌어먹을 이 밸브를 돌려서 누르고 있어야 한다는 뜻이었다. 일단 그렇게 했다. 재호에게서 연락이 없는 거로 봐서 이번에야말로 문제가 해결된 듯했다.

뭐, 채 한 시간도 안 걸릴 테니 좀 누르고 있지.

두식은 낙관적으로 생각했다.

저 멀리 어둠 속에서 또 그 소리가 들리기 전까지는.

깡!

묵직한 쇳덩이가 바닥에 부딪힌다…….

깡!

게다가 점점 가까이 오고 있다.

두식의 눈동자가 떨렸다.

홍대푸른병원에는 출입구가 세 군데 있었다. 정문, 응급실로 바로 통하는 문, 마지막은 직원들이 개구멍이라 부르는 뒷문이었다. 병원을 정면에서 봤을 때 오른편 벽에 달린 뒷문은 그 위치로도 사실상 뒷문이 아니었다. 옆문이 맞는 표현이었지만 낡고 오래된 철제문과 깨진 바닥, 그리고 그야말로 구멍이라는 표현이 어울릴 정도로 좁았기에 다들 아무런 위화감 없이 뒷문이라 불렀다.

그 뒷문 앞에도 침대를 쌓아 방비를 해놓았다. 그리고 원무과 직원 한 명이 지키고 있었다. 그쪽은 빛이 들어올 여지가 없어 훨씬 더 어두컴컴했다. 감염자들도 별로 없는 듯 조용하기도 했다. 직원은 문을 향해 의자를 놓고 돌아앉아 핸드폰을 들여다보고 있었다. 퇴근이 간절했다. 과연 무사히 퇴근할 수 있을까 하는 불안감에 신경이 곤

두셨고, 그래서 핸드폰으로 유튜브를 집중해 보는 중이었
다. 각 방송사 보도를 번갈아가면서 봤다. 그래서 인기척
을 놓쳤다. 누군가가 등 뒤까지 다가와도 눈치채지 못한
건 그런 이유 때문이었다.

"이봐요."

누군가 자신을 부르는 소리에 화들짝 놀란 직원이 고개
를 돌렸다. 그 순간 뭔가가 시야 바깥에서 날아와 관자놀
이를 때렸다.

픽!

둔탁한 소리가 울려 퍼졌다. 직원은 아프다는 느낌을
받기도 전에 정신을 먼저 잃었다. 그대로 쓰러진 직원을
내려다보며 미지가 싱긋 웃었다.

"뭐야? 너무 쉽잖아!"

미지는 음료수 캔을 잔뜩 넣어 침대 커버로 둘둘 싼 뒤
그걸 무기로 사용했다. 예전에 봤던 어떤 액션 영화에서
주인공이 이런 방법을 썼다.

"자, 그러면 시작할까?"

그렇게 중얼거린 미지는 문에서 침대를 밀어냈다. 그러
고는 조심스레 문을 열었다. 고개를 내밀어 밖을 확인했

다. 감염자는 보이지 않았다. 땅거미가 내려앉고 있었다.

"에이, 뭐야? 왜 아무도 없어?"

미지는 김샌 표정으로 투덜거렸다. 원장은 위험할지도 모르니 조심해서 행동하라고 말했는데 위험은커녕 시시하기만 했다. 미지로서는 더 기다리기가 너무나 지루했다. 아무래도 수술은 계속될 듯 보였고, 그러다가는 성공할지도 모를 일이었다. 원장의 말처럼 아예 싹을 잘라버리는 게 최선일 듯싶었다. 그리고 그편이 훨씬 재미있을 것 같았다. 원장이 약속한 돈이며 간호부장 자리도 물론 탐났지만, 미지가 가장 원하는 건 끔찍한 사건의 주인공이 되는 것이었다. 그러자면 이곳으로 감염자들을 불러들여야 했다.

"좋은 방법이 없을까?"

주위를 둘러보던 미지는 곧 무언가를 발견하고 회심의 미소를 지었다.

선호는 화장실에서 천천히 손을 씻었다. 거울에 비친 남자는 비열한 얼굴을 하고 있었다. 그런 건 상관없었다. 성공하기 위해서, 아니 뒤처지지 않게만 된다면 얼마든지 더 비열해질 수도 있었다. 문제는 마음이 흔들린다는 데 있었다. 수혁을 진료실 침대에 억지로 눕혔을 때 그 고지식한 선배는 이렇게 말했다.

"쉬고 있을 수 없어. 현미경 작동이 안 되면 다른 종양이라도 제거해야지."

"답답한 소리 그만해! 제거해도 계속 생겨나잖아, 종양. 잠깐 쉬어. 아니, 우리 그냥 쉬자. 응? 이렇게 무리할 필요 없잖아. 그 아이 못 살린다 해도 선배한테 손가락질할 사람 아무도 없어."

그 말을 할 때 선호는 진심이었다. 돌아온 대답은 지극히 김수혁다운 것이었다.

"내 눈앞에 환자가 있는데 어떻게 모른 척해. 살려야지."

"선배가 그런다고 유나가 살아 돌아오진 않아! 몰라?"

선호는 튀어나온 말을 주워 담지 못하고 아차 싶었다. 수혁은 덤덤하게 반응했다.

"나도 알아. 우리 유나, 되살릴 수 없어. 하지만 유나가 부탁한 건 들어줄 수 있으니까."

수혁은 그 말을 하며 천장을 올려다봤다. 그러고는 말

을 이었다.

"현미경 작동하면 바로 알려줘. 수술할 거야."

그 순간까지도 수혁은 살며시 떨리는 오른손을 왼손으로 감싸 쥐고 있었다.

"젠장."

수혁의 그 모습을 떠올리며 선호는 나지막이 중얼거렸다. 거울 속 비열한 남자도 똑같이 따라 했다. 그때 핸드폰이 진동하며 메시지가 날아들었다. 조민구 원장이 보낸 메시지였다.

—어떻게 된 거야? 그 여자 방송 확인해! 당장!

그 한 줄짜리 메시지를 보고 선호는 바로 유튜브 앱을 실행했다. 여러 영상 중에서 '라이브'라 표시된 서희의 영상이 눈에 들어왔다. 그걸 눌렀다. 서희가 격양된 표정으로 말을 잇고 있었다.

"감염자 치료에 최선을 다하겠다는 재난안전대책본부 발표는 모두 거짓입니다! 재난안전대책본부 관계자는 치료 가능성을 제로로 만들기 위해 이곳에 강남미래대학병

원 의료진을 보냈습니다. 즉, 수지의 수술이 실패로 돌아
가길 바라고 있는 것이죠."

"뭐 하자는 거야?"

선호는 분노가 치밀어 오르는 걸 느끼며 복도로 나갔다.
저 멀리 계단 앞에서 서희가 촬영 중이었다. 성큼성큼 다
가간 선호는 윤형이 들고 있는 카메라를 손으로 막았다.

"뭐예요?"

윤형이 바로 소리를 질렀다.

"방송 당장 중단해요!"

선호 역시 마주 소리 질렀다.

"무슨 이유로 이래요?"

윤형은 카메라에서 선호의 손을 거칠게 떼어냈다. 선호
는 쉽게 물러나지 않았다. 여전히 서희와 윤형 사이를 가
로막고 서서 외쳤다.

"중단하라고!"

그러자 서희가 선호의 어깨를 잡고 돌려세웠다.

"당신이 무슨 자격으로 명령하는 거죠?"

매서운 어투로 그렇게 묻는 서희를 향해 선호도 되물
었다.

“협상은 결렬된 겁니까?”

“난 수지를 살리는 게 제일 중요해요! 하지만 그러기 위해서 저기 밖에 있는 감염자 모두를 희생시킬 순 없어요.”

서희는 그 말을 하고서 굳은 표정으로 선호를 노려봤다. 선호 역시 서희를 똑바로 보며 핸드폰을 들어 보였다.

“좋습니다. 그럼 난 말했던 대로 수혁 선배에게 영상을 보낼 겁니다.”

“무슨 영상이요? 뭔데 그래요?”

윤형이 어리둥절한 표정으로 물었다. 서희는 대답하지 않았다. 충동적으로 내린 결정은 아니었다. 정정 보도를 한 뒤 수지만 살릴 수도 있었다. 밤 10시라고 했다. 군경의 감염자 살육이 진행되는 동안 어쩌면 수지와 자기는 헬리콥터를 타고 강남미래대학병원으로 향하게 될지도 모른다. 그러면 모든 게 해결되는 걸까? 서희는 자기에게 그런 질문을 던졌다. 그렇게 수지를 살린다면 행복이 찾아올까? 아니었다. 아무리 생각해도 아니었다. 아니라고 생각하게 된 데는 수혁의 영향이 컸다. 한 생명을 살리기 위해 모든 걸 쏟아붓는 그를 보면서 서희는 인간다움이 뭔지 고민했다. 그건 누군가를 기꺼이 돕는 마음에서 시작되는 게 아닐까……. 그렇다면 서희 역시 다른 이를 도와야 인간이라 불릴 수 있을 것이다. 수지만을 위해 밖에 있는 감염자 모두를 희생시킬 순 없었다.

선호는 핸드폰으로 수혁에게 동영상을 보내는 동안 서희를 보지 않았다. 서희의 표정이 상상됐기 때문이었다. 이상주의자의 열띤 표정은 이미 수혁에게서 지겨울 정도로 봤다.

"영상은 전달됐습니다. 선배가 수술을 포기한다면, 저도 더는 도울 생각이 없습니다."

그 말과 함께 선호는 핸드폰을 주머니에 넣었다. 서희가 홱 돌아서며 외쳤다.

"비겁한……. 내가 직접 설명하겠어!"

바로 그 순간, 조용하던 병원 전체에 화재경보기 소리가 맹렬하게 울려 퍼졌다. 그 요란한 경보음이 어디서 나는 건지 서희는 물론이고 선호와 윤형도 바로 알아채지 못했다. 그러다가 동시에 "아!" 하며 계단 난간으로 달려갔다. 1층 로비에서 울린 경보음이 병원 전체를 뒤흔들고 있었다. 붉은색 경고등이 점멸하는 1층은 그야말로 재해 현장처럼 보였다. 그것으로 끝이 아니었다. 어디서 나타

난 건지 감염자 몇 명은 복도를 지나 로비로 들어서는 게
보였다.

"저기요!"

윤형이 큰 소리로 외치며 감염자를 가리켰다.

"젠장. 남 피디. 상황 보고 있어! 난 김 선생님 만나러
갈 테니까."

서희는 그 말을 남긴 뒤 뇌신경과 진료실을 향해 달렸
다. 선호도 급히 그 뒤를 따랐다.

수혁은 자기 핸드폰을 물끄러미 내려다보고 있었다. 동
영상이 흘러나왔다. 지금보다 조금 더 젊은, 그리고 아직
풋풋함을 풍기는 서희가 카메라를 정면으로 보고 보도 중
이었다. 강남미래대학병원 앞이었다.

"안녕하십니까? 저, 강서희 기자의 단독 보도입니다. 저
는 재영초등학교 테러의 범인인 이종우를 수술한 의사가
누구인지 알아냈습니다. 심지어 그 의사는 이종우가 병원
으로 먼저 실려 왔다는 이유만으로 재영초등학교의 희생
자인 학생보다 잔혹한 살인마를 먼저 수술해 살려냈습니
다. 하지만 뒤늦게 수술을 받게 된 그 아이는 끝내 사망했

습니다. 살인마를 살린 의사, 살인마를 살리기 위해 죄 없는 아이를 죽음에 이르게 한 그 의사의 이름은 강남미래 대학병원 뇌신경외과 전문의 김수혁입니다!"

동영상은 거기서 끝났다. 수혁은 열띤 표정을 한 채 멈춰 있는 서희를 지그시 쳐다봤다. 그러고는 잠시 후 핸드폰을 주머니에 넣었다.

미지는 복도 모퉁이에 숨어 고개만 슬쩍 내민 채로 뒷문을 살펴보고 있었다. 작전은 완벽하게 성공했다. 화재경보기 소리와 불빛에 이끌린 감염자들이 속속 안으로 들어오고 있었다. 이번에도 시트로 감싼 캔이 큰일을 해냈다. 그걸 휘둘러 화재경보기를 울렸으니까. 이제는 잘 숨어 있다가 감염자를 피해 밖으로 나가기만 하면 될 일이었다. 어둡기는 해도 이 병원에서 차단벽까지의 거리는 미지가 훤히 꿰고 있었다. 비번일 때마다 홍대 일대에서 놀았기 때문이었다.

그렇게 생각하며 호시탐탐 기회를 노리는 중에도 안으로 들어오는 감염자 수는 점점 늘어났다. 이 정도면 충분히 병원 전체를 쑥대밭으로 만들 수 있을 것 같았다. 미지는 끓어오르는 흥분을 참기 힘들었다. 짜릿했다. 그래서 핸드폰을 꺼내 들었다. 감염자가 들어오는 걸 동영상을 찍어 인스타그램에 릴스를 올릴 계획이었다. 이 정도로 가까이에서 찍은 사람은 없을 거고, 어쩌면 이 릴스는 전 세계적으로 대박이 날지도 모를 일이었다.

"자, 찍습니다."

미지가 중얼거리며 핸드폰을 들이댔을 때였다. 촬영 중인 화면 속 감염자 하나가 어쩐 일인지 고개를 돌렸다. 그러고는 핸드폰을 똑바로 봤다. 감염자의 희멀건 눈알이 핸드폰 너머 미지를 보는 것 같았다.

"설마……."

애써 중얼거려봤지만 설마가 현실이 됐다. 장발의 남자 감염자는 으르렁거리며 미지를 향해 다가왔다. 미지는 얼른 핸드폰을 내리고 모퉁이 뒤로 몸을 숨겼다. 심장이 두근거렸다. 반쯤 장난이었고, 언제나 그랬듯 위기의 순간은 거짓말과 재치, 그리고 타고난 연기력으로 넘길 수 있으리라 생각했는데…… 지금은 아닌 것 같았다. 감염자가 내뿜는 숨소리가 점점 가까워졌다. 시트를 쥔 손에 힘을 꽉 줬다. 보자마자 휘두를 생각이었다. 잠시 후 감염자가

긴 머리를 휘날리며 쓱 얼굴을 들이밀었다. 미지는 반사
적으로 캔이 든 시트를 크게 휘둘렀는데 너무 힘을 줘서
그런지 감염자 머리 바로 앞쪽, 벽을 때리고 말았다. 요란
한 소리가 들린 건 당연한 일이었다. 화재 경보음을 압도
할 만큼 크고 요란한 소리였다.

"크아아!"

화답하듯 감염자가 포효했다. 미지는 움찔했다. 다시
시트를 그러쥐었다. 찢어진 시트 사이로 음료 캔이 다 떨
어졌다. 콜라 하나는 캔에 구멍이 나 검은색 액체와 함께
탄산을 쏟아내고 있었다. 감염자는 그걸 걷어차며 다가왔
다. 멍한 눈과는 달리 너무나 재빠른 몸짓이었다.

"싫어!"

미지가 손을 앞으로 뻗어 막으려 했지만 소용없었다.
감염자는 미지의 오른손을 그대로 물어버렸다.

"아!"

끔찍하게 아팠다. 누군가에게 물린 적은 처음이었다.
왼손으로 감염자 머리를 힘껏 밀었다. 그때 또 다른 감염
자가 다가왔다. 그 뒤로도 몇 명 더 있었다. 미지는 정신
을 차릴 수 없었다. 한참 벗어난 계획은 이제 수습할 단계

를 아득히 지나버렸다. 그냥 간호실 왕따로 계속 지낼 걸……. 뒤늦게 후회가 밀려왔다. 다른 감염자가 미지의 어깨를 물었다. 미지는 비명을 내지르는 것 말고는 할 수 있는 게 없었다. 그래서 힘껏 소리쳤다.

"으악!"

"모두 정신 바짝 차려!"

야차가 사람들을 향해 소리쳤다. 로비는 어느새 감염자들로 가득 찼다. 게다가 계속 늘어나고 있었다. 사람들은 침대로 바리케이드를 만들어 버티는 중이었다. 로비에 감염자들의 포효와 괴성이 화재 경보음과 뒤섞여 절묘한 하모니를 이룬 채 울려 퍼졌다. 그들은 광분한 상태였다. 침대를 밀치며 계속 소리 질렀다. 반대로 병원 사람들은 겁에 질려 어쩔 줄 몰라 했다. 무기라고는 빗자루와 밀대, 아니면 링거 봉이 다였다. 그걸 이용해 다가오는 감염자를 밀어내긴 했지만 상황은 점점 안 좋아졌다. 바리케이드가 조금씩 무너지고 있었다.

"아!"

소정이 그런 소리를 냈다. 야차는 바로 돌아봤다. 감염자 한 명이 소정의 팔을 잡아당기고 있었다.

"할머니!"

야차는 감염자의 손을 소정에게서 떼어낸 뒤 칼을 꺼내 목을 찌르려 했다. 그러자 소정이 야차를 말렸다.

"안 돼! 죽이면 안 돼."

"그럼 어쩌란 거야? 저것들은 우릴 죽이려고 달려드는데!"

야차가 버럭 소리를 질렀다. 그래도 소정은 뜻을 굽히지 않았다.

"수술실에선 감염자를 치료 중이야. 그런데 우리가 죽이는 건 말이 안 되잖아."

"아이 씨! 젠장!"

짜증 섞인 외침을 뱉기는 했지만 야차는 칼을 거뒀다. 그 짧은 순간에도 감염자들은 계속 부딪혀 왔다. 뒤에서 밀고 들어오니 앞쪽 감염자 무리는 자연스레 밀리는 것 같았다. 침대로 버티는 것도 한계가 있었다. 야차가 보기에 이미 많은 사람이 겁을 먹고 제 역할을 못 하는 중이었다. 밀대 같은 걸 들고 있으면서도 제대로 활용하기는커녕 잔뜩 움츠리기만 했다.

"할머니. 있어봐!"

그렇게 말한 야차는 침대 시트를 찢어 끈처럼 길게 만들었다. 그러고는 늘어선 침대 다리를 서로 묶었다. 아주 단단히 꽁꽁 묶어 쉽사리 끊어지지 않게 했다. 잠시 후 바리케이드는 침대를 이은 하나의 벽이 되었다. 야차가 목소리를 높였다.

"다들 위로 올라가! 여긴 내가 지킬 테니 올라가라고! 내 맘 바뀌기 전에 빨리."

"어쩌려고?"

소정이 놀라서 물었다.

"제정신 못 차리는 인간들 여럿 있는 것보다 나 혼자가 훨씬 나아. 어떻게든 시간 끌어볼 테니까 가서 수술실이나 지켜!"

"하지만……."

"빨리!"

야차는 소정의 등을 떠밀며 외쳤다. 다른 사람들은 슬금슬금 계단 쪽으로 움직였다. 잠시 망설이던 소정이 고개를 끄덕였다.

"쓸데없이 죽지 마. 알았지?"

"무슨 소릴 하는 거야? 나 야차라고!"

씩 웃으며 야차가 말했다. 그런 뒤 주머니 속의 고양이를 꺼내 소정을 향해 내밀었다. 고양이는 동그란 눈을 더 동그랗게 뜨고 주위를 두리번거렸다.

"얘는 나중에 돌려줄게."

소정이 말했다.

"잘 부탁해."

야차는 그 말을 끝으로 감염자들을 향해 돌아섰다. 그 사이 다른 사람들은 계단을 달려 올라갔다. 소정도 마지막으로 움직였다. 이제 로비에는 야차 혼자 남았다. 그는 한데 묶어 놓은 침대를 온 힘을 다해 밀었다. 감염자들이 버티고 있었지만 야차의 힘은 당해내지 못했다. 몇몇 감염자는 그대로 쓰러졌다. 바리케이드를 움직여 계단으로 향하는 길 자체를 완전히 막은 야차는 자신만만하게 소리쳤다.

"와봐!"

이제는 완전히 어두워져 깜깜해진 로비에 비상등만 깜박였다. 감염자들 사이로 그 붉은 빛이 왔다 갔다 했다. 야차는 침대 바리케이드가 밀리지 않도록 힘껏 버티고 있었다. 그 순간이었다. 갑자기 TV 소리가 엄청나게 커졌다.

"현재 상황입니다! 드론이 촬영한 영상을 보면······."

"씨발. 뭐야?"

놀란 야차가 주위를 둘러봤다. 바닥에 떨어진 리모컨을 감염자 한 명이 밟고 있었다. 소리는 점점 커졌고, 그곳을 기점으로 감염자가 확 몰렸다. 맨 끝 쪽 침대가 뒤집힌 건 순식간의 일이었다. 동시에 감염자들도 우르르 넘어졌다. 바리케이드가 무너졌다. 넘어진 감염자를 밟으며 또 다른 감염자들이 돌진해 왔다.

"야! 여기야! 여기!"

야차는 힘껏 소리친 뒤 달리기 시작했다. 뒤를 힐끔 돌아봤다. 감염자들이 미친 듯이 쫓아왔다.

어두컴컴한 진료실 안에는 아무도 없었다. 서희와 선호는 문 앞에 서서 안을 들여다보고 있었다.

"선배는 없어요."

선호가 말했다.

"김수혁 선생이 사라진 거라면 당신이 책임져요!"

서희가 날카롭게 말했다. 그러고는 몸을 돌려 진료실에

서 나가려고 했다. 그때 얼핏 뭔가가 보였다. 원래라면 수혁이 누워 있어야 할 침대에 뭔가 다른 게 놓여 있었다. 서희는 핸드폰 플래시를 켠 채 안으로 들어갔다.

"왜 그래요?"

선호가 물으며 따라 들어왔다. 서희는 침대 위에 놓인 게 뒷면을 연 액자라는 걸 알아챘다. 사진은 액자 옆에 놓여 있었다. 서희가 사진을 들어 올렸다. 그걸 본 선호가 말했다.

"유나네요. 선배 딸."

서희는 사진을 들여다보다가 이내 내려놨다. 그러고는 바로 옆에 놓인 반으로 접은 쪽지를 집어 들었다. 자세히 보니 편지지였다. 아기자기하게 꾸며놓은 예쁘고 귀여운 편지지. 서희가 그걸 조심스럽게 펼치는 동안 선호도 옆으로 다가왔다. 편지지에는 큼지막하면서도 동글동글한 필체로 몇 줄의 내용이 적혀 있었다. 꾹꾹 눌러 쓴 것 같았다. 아주 오래오래 고민하면서……

아빠. 난 아빠가 자랑스러워. 친구들이 아무리 놀려도 아빠가 사람을 살리는 의사라는 건 변하지 않잖아. 아빠가 늘 말했잖아. 옳은 일을 해야 한다고. 아빠는 옳은 일을 한 거야. 앞으로도 쭉 사람을 살리는 멋진 의사가 되면 좋겠어.

편지지를 든 서희의 손이 파르르 떨렸다. 그러다가 끝내 눈물 한 방울이 편지지 위로 톡 떨어졌다. 하아. 서희는 자기도 모르게 한숨을 내쉬었다.

선호도 슬픔이 차오르는 걸 애써 눌렀다. 수혁이 말했던 유나와의 약속이 뭔지 이제야 알 것 같았다.

"김수혁 선생님은 지금 어디 있을까요?"

서희가 조용히 물었다.

"수술실이겠죠. 당연히."

선호가 말했다. 두 사람은 말없이 진료실에서 나갔다. 그러고는 누가 먼저랄 것도 없이 수술실로 향했다. 그러다가 헐레벌떡 달려오는 윤형과 마주쳤다.

"감염자들이 무더기로 들어왔어요! 여기로 올라오는 건 시간문제 같아요."

윤형은 숨을 몰아쉬며 말했다. 그때였다. 병원 사람들 여럿이 우르르 몰려왔다. 모두 핏기 없는 얼굴이었지만 눈동자만은 또렷했다. 게다가 각자 무기도 들고 있었다. 머리카락이 하얗게 센 소정이 말했다.

"수술실 앞은 무슨 일이 있어도 우리가 지킵니다. 그러니 수술 무사히 마쳐주세요."

그 말이 신호라도 된 듯 사람들은 3층으로 올라오는 층계참에 서서 인간 방패를 자처했다. 윤형은 그들을 향해 카메라를 들이댔다. 잠시 눈을 맞춘 서희와 선호는 수술실로 달려 들어갔다.

그곳엔 이미 수혁이 와 있었다. 수술 준비를 다 끝낸 듯 메스를 든 상태였다. 옆에는 정남이 서 있었다. 다만 재호는 보이지 않았다. 홍대푸른병원 마취과 의사가 재호 자리에 앉은 채였다.

"늦었어. 시간이 얼마 없으니 빨리 시작하자고. 마침 현미경도 작동해."

수혁은 아무 일도 없었다는 듯 말했다.

"죄송해요! 제가……."

"선배! 이 사람이에요. 이 사람이 그 기자라고요!"

서희와 선호는 동시에 말했다. 수혁이 두 사람을 물끄러미 봤다. 그 눈에는 어떠한 감정도 담겨 있지 않았다.

한동안 침묵이 흘렀다. 찰나의 순간이었으나 팽팽하게 당겨진 긴장감에 누구 하나 입을 열지 않았다. 수혁은 수지를 보며 무심히 말했다.

"알고 있었어."

"네? 알고 있었다고요?"

선호가 놀라서 되물었다.

"그래. 처음부터 알고 있었어."

"제가, 제가 너무 죄송해서……."

서희는 말을 잇지 못했다. 머릿속에 아무런 생각도 떠오르지 않았다. 수술대에 누운 수지를 봤고, 그 앞에 선 수혁을 봤다. 눈물만 차올랐다. 그걸 흘리지 않으려고 안간힘을 써야 했다.

"저는 수지를 살릴 겁니다. 단지 그뿐입니다."

수혁은 서희를 보며 말했다.

"하지만……."

선호는 믿지 못하겠다는 듯 다시 입을 열었다. 그러자 수혁이 재빨리 말했다.

"난 그저 유나가 했던 당부대로 행동할 뿐이야. 지금 난, 수지를 살리는 데 집중할 거야. 그러니 자네가 좀 도와줘.”

수혁은 그 말을 끝으로 현미경에 눈을 댔다. 잠시 고개를 숙이고 있던 서희가 밖으로 나갔다. 선호는 홀린 듯 수혁 옆으로 향했다.

수술이 다시 시작됐다.

감염자였다. 확실했다. 어두웠지만 절뚝거리며 걸어오는 모양새가 딱 감염자였다. 결정적인 건 왼쪽 다리에 묶인 철제의자였다. 그 의자가 바닥에 부딪히며 깡! 깡! 하는 소리가 울렸다. 의자 덕분에 감염자는 느리게 움직일 수밖에 없었고 그게 그나마 다행인 점이었다. 하지만 두식은 아예 움직일 수 없었다. 그건 지독히 불행한 사실이었다. 밸브에서 손을 떼면 현미경은 또 멈추리라. 감염자와의 거리는 10미터 내외였다. 저 흉측한 몰골의 남자가 아무리 천천히 온다고 해도 몇 분 안 걸려 발전기 앞에 도착할 터였다. 그사이에 수술이 다 끝날 리 만무했다. 그렇다면 두식에게는 두 가지 선택지가 남았다. 이대로 그냥 튀거나, 아니면 감염자를 용맹하게 무찌르는 가운데 밸브에서 손을 떼지 않거나. 아무리 생각해도 전자가 훨씬 간단하고 쉬운 일이었다.

"누가 좀 도와줘요!"

들릴 리 없다는 걸 알면서도 일단 그렇게 소리쳐봤다.

"크아아!"

화답을 해준 건 감염자였다. 조금만 기다리면 물어뜯으러 가줄게. 뭐 이런 뜻인 것 같았다.

"생각하자. 머리를 굴려. 생각해!"

두식은 자신을 향해 계속 소리쳤다.

깡!

깡!

또, 깡!

감염자의 걸음이 빨라졌다. 의자를 달고 걷는 데 익숙해진 모양이었다. 두식은 재빨리 주위를 둘러봤다. 마침 발전기에서 얼마 떨어지지 않은 곳에 스패너가 놓여 있었다. 왼손을 한껏 뻗으면 닿을 거리였다. 밸브를 누른 채로 손을 내밀어봤다. 왼손 중지가 스패너에 닿았다. 그걸 거머쥐려고 할 때 스패너가 바닥에 떨어졌다.

"아!"

당황한 두식은 고개를 돌려 감염자를 찾았다.

남자는 몇 미터 앞까지 다가와 있었다.

"10분 남았습니다."

마취과 의사가 외쳤다.

"재호 선생님은?"

선호가 물었다.

"뭘 좀 만들겠다고 하신 후에 사라졌어요."

마취과 의사가 대답했다.

"선배. 시간이 없어요! 10분 뒤에 애가 깨어날 거예요. 그 전까지……."

"그 전까지 마쳐야지!"

수혁은 현미경에서 눈을 떼지 않은 채 말했다. 선호는 수혁의 얼굴과 손을 번갈아 봤다. 눈빛은 한없이 진지했지만 역시 오른손이 미세하게 떨리고 있었다. 그 탓에 다른 종양은 곧잘 제거해도 결국 모체는 건드리지 못하는 듯 보였다.

선호가 다시 수혁을 말리려 할 때 가운 속에 넣어둔 핸드폰이 진동했다. 처음에는 무시했지만 연달아 전화가 걸려 와 확인할 수밖에 없었다. 예상대로 조민구 원장이었다. 선호는 수술방에서 잠시 나가 전화를 받았다.

"난장판이 되었더군."

조민구 원장의 목소리에는 후련함이 배어 있었다.

"수술도 어려움을 겪고 있습니다."

"어쨌든 다 좋은 소식이야."

"하지만 원장님. 제가 돕는다면 수술, 성공할 수 있습니다."

한동안 아무 말도 없었다. 조민구 원장이 못마땅한 표정으로 눈을 부라리는 모습이 선호 머릿속에 그대로 그려졌다.

"그래서 돕고 싶나? 이젠 수술에 성공해도 의미가 없어. 거긴 곧 감염자 천국이 될 테고, 그러면 기다렸다는 듯 군대가 출동할 거니까. 내가 마지막으로 호의를 베풀지."

"마지막 호의라면……."

10분 뒤 그 병원 옥상에 자네가 타고 갔던 헬기가 도착할 거야. 그걸 타고 돌아와. 군인들과 자네, 그렇게만 탑승할 수 있어."

"아……."

선호는 무슨 답을 해야 할지 몰라 망설였다. 그사이 조민구 원장은 마지막 한마디를 던졌다.

"당당하게 돌아와서 외과 과장 해야지!"

"알겠습니다."

선호는 조용히 대답했다.

볼륨이 최대치로 올라간 로비의 TV에서는 기자가 다급한 목소리로 생중계를 하고 있었다. 화면에는 홍대푸른병원으로 꾸역꾸역 밀고 들어가는 감염자들의 모습이 비쳤다. 어두운 밤하늘에 뜬 드론 여러 대가 마치 UFO처럼 건물 주위를 날고 있었다.

"속보입니다! 방송국 드론이 촬영한 장면을 보면 홍대푸른병원으로 다수의 감염자가 침입한 것 같습니다. 다시 한번 말씀드립니다. 홍대푸른병원에 감염자 다수가 들어갔습니다. 건물 안 사람들의 안전이 걱정되는 순간입니다. 수지의 수술 역시 잘될지 확신하기 힘든 가운데 재난안전대책본부는 진압 카드를 만지고 있는 것으로 파악되었습니다."

"더럽게 시끄럽네."

그렇게 중얼거린 이는 고 중위였다. 그는 응급실 제일 안쪽 침대에 누워 한숨 자고 있었다. 커튼까지 쳐서 완벽한 은폐 엄폐를 한 상태였는데 화재경보기 소리에 깨고 말았다. 소리가 들린 순간 당장 움직이지 않았던 건 신의 한 수였다고 고 중위는 생각했다. 오랜 군 생활을 통해 얻은 날카로운 직감이 지금은 움직이지 않는 편이 좋다고 경고해줬다. 감염자 그 괴물들이 들이닥친 건 얼마 후였다. 그는 여전히 커튼 뒤에 숨은 채로 소리로만 상황을 짐작했다. 그 결과, 이 병원은 완전히 점령당했다는 판단을 내렸다. 한 가지 다행인 점은 상부에서 구출하러 와준다는 사실이었다. 10분 뒤, 옥상. 아마 상병 두 놈도 같은 메시지를 받았으리라. 이제 조용히 응급실을 빠져나가 옥상까지만 올라가면 될 일이었다.

고 중위는 그렇게 생각하며 소리 없이 커튼을 젖혔다.

바로 앞에 감염자가 서 있었다. 고 중위가 움찔한 순간 감염자가 달려들었다.

"꺼져!"

고 중위는 감염자를 발로 찼다. 그 멍청한 괴물은 요란한 소리를 내며 넘어졌다. 거기에 이끌린 또 다른 감염자

여럿이 로비에서 응급실로 들어왔다. 그러고는 고 중위를
향해 달려오기 시작했다.

"괴물 새끼들이!"

그는 권총을 빼 들었다.

두식은 발을 한껏 뻗어 바닥에 떨어진 스패너를 끌어당
겼다. 거의 발레 하는 수준으로 다리를 찢었다. 사타구니
가 찢어질 듯 아팠지만 어쩔 수 없었다. 그사이 남자는 침
을 줄줄 흘리며 다가와 막 두식을 향해 손을 가져다 대려
하고 있었다.

"됐다!"

발로 스패너를 홱 잡아끈 두식은 바로 주워 들었다. 남
자가 크게 입을 벌리며 다가왔다. 두식이 스패너를 휘둘
렀다. 퍽! 하는 소리와 함께 남자가 한 걸음 물러났다.

"미, 미안합니다!"

미안한 마음을 가득 담아 한 번 더 휘둘렀다. 그러는 중
에도 밸브에서는 절대 손을 떼지 않았다.

퍽!

두 번째로 휘두른 스패너는 남자의 입을 때렸다. 문제

는 동시에 남자가 스패너를 물었다는 데 있었다. 두식이 채 힘을 줘서 빼내기도 전에 남자가 먼저 고개를 홱 돌렸다. 스패너가 저만치 멀리 날아가버렸다.

"어…… 어…… 이, 이게 아닌데?"

한순간에 방어 도구이자 무기가 사라진 두식은 당황했다. 남자는 입에서 피를 철철 흘리며 그대로 덮쳐왔다.

"크아아!"

그렇게 포효하는 남자의 배를 걷어찼지만 제대로 힘이 실리지 않았다. 두식은 다리를 들어 남자를 막은 자세 그대로 온 힘을 다해 버텼다. 하지만…… 오래 유지할 수 있는 자세가 아니었다. 남자가 점점 더 가까이 왔다.

"살려줘요! 제발!"

두식은 애절하게 외쳤다. 그 순간 누군가가 달려와 밀대로 남자를 후려쳤다. 남자는 나동그라졌다.

"여기서 뭐 해?"

야차가 두식을 향해 물었다.

"이, 이걸 누르고 있어야 수술실에 전력이……."

"얼마나?"

"네?"

“얼마나 오래 누르고 있어야 하냐고?”

“이, 이제 한 10분 정도?”

“젠장!”

“근데 왜요? 그리고 누구세요?”

“감염자들 여기 가두려고 했는데.”

야차의 그 말이 끝나기 무섭게 기계실 안으로 감염자들이 우르르 달려 들어왔다.

“8분!”

이번에는 효정이 소리쳤다. 수혁은 아무것도 안 들린다는 듯 종양 제거에만 몰두했다. 그 옆으로 선호가 다가왔다.

“선배. 지금 수술실 바로 앞도 감염자들 천지야. 병원 사람들이 막고 있긴 한데 곧 뚫릴 것 같아!”

“현미경 더 가까이 대줘.”

수혁은 무심히 말했다.

“선배!”

“선호야.”

계속 현미경만 보고 있던 수혁은 처음으로 고개를 들어

선호를 봤다. 그러고는 말했다.

"도와줘."

"뭐?"

병원 전체가 진동한 건 바로 그 순간이었다.

고 중위가 쏜 첫 두 발은 감염자 머리에 바로 박혔다. 다시 방아쇠를 당기려 할 때 어느새 옆으로 다가온 감염자가 고 중위의 팔을 물었다.

"아!"

비명을 내지르며 감염자를 떨쳐내려던 고 중위는 무의식중에 방아쇠를 당겼다. 총알은 감염자 한 명의 어깨를 스친 뒤 응급실 구석에 세워둔 산소통을 향해 날아갔다. 나란히 선 산소통은 모두 다섯 개였다. 총알을 맞은 산소통이 폭발한 순간, 그 옆의 다른 것들도 함께 터져나갔다.

쾅!

귀를 찢을 듯 큰 소리가 울려 퍼진 그 폭발 한 번으로 홍대푸른병원 응급실과 로비는 초토화됐다. 폭발에 휘말린 것들은 물건이든 생명체든 모두 흔적도 없이 사라졌다. 폭발이 남긴 진동이 낡은 건물을 뒤흔들었다.

3층 수술실 앞에서 대치 중이던 병원 사람들과 감염자들 역시 동시에 휘청거렸다. 쓰러지는 이들도 있었다. 그 틈을 타 일부 감염자가 사람들에게 달려들었다. 그들은 본능에 따라 움직였다. 눈앞에서 자극하는 게 감염자들의 목표물이었다.

"안 돼!"

서희는 다가오는 감염자 한 명을 링거 봉으로 밀어냈다. 그러면서 수술실 쪽을 봤다. 이 정도 진동이라면 분명히 수술실에도 영향이 있을 것 같았다. 그는 저만치 떨어져서 촬영 중인 윤형에게 외쳤다.

"남 피디! 수술실 안 상황 좀 봐줘."

"네!"

윤형은 바로 움직였다. 그가 수술방 안으로 들어가서 제일 먼저 본 건 쓰러진 수혁이었다. 수술대도 크게 들썩인 듯 효정과 간호사가 수지를 꽉 붙들고 있었다. 선호가 수혁을 일으켜 세우는 게 보였다.

"수술을…… 수술을 서둘러 합시다."

수혁은 낮은 목소리로 말했다. 그러고는 다시 수술대 앞에 섰다. 선호가 외쳤다.

“선배! 가능성이 없어요. 이러다간 우리 모두 죽어요!”

“그럴지 몰라도 최선은 다해봐야지.”

“5분, 5분이에요!”

효정이 외쳤다.

“젠장! 난 여기서…….”

선호의 말은 이어지지 않았다. 수혁의 낯빛이 너무 창백했다. 마스크 위로 드러난 눈도 초점을 잃은 상태였다.

“윽.”

결국 수혁이 옆구리를 움켜쥐며 상체를 숙였다.

“왜 그래요?”

선호가 묻자 수혁은 아무것도 아니라는 듯 말했다.

“괜찮아.”

괜찮지 않았다. 수혁의 목소리부터 떨렸다. 선호는 수혁을 돌려세우며 말했다.

“어디 좀 봐요!”

수혁이 감싸고 있던 옆구리 부위에서 피가 새어 나왔다. 선호는 수혁의 손을 억지로 뗐다. 메스가 박혀 있었다. 그것도 아주 깊숙하게. 선호는 망연자실해서 수혁을 봤다. 간신히 버티던 수혁은 결국 끙, 소리를 내며 주저앉았다.

“난 힘들겠어.”

그 말을 하는 수혁의 목소리가 너무나 슬프게 들렸다. 선호는 수혁의 옆구리 상처를 들여다봤다. 그러면서 말했다.

“최악은 아니에요. 출혈이 심하지 않으니까 메스 빼고 바로 봉합하면…….”

“아니야! 수지가 먼저야. 너라면 할 수 있어!”

수혁은 단호하게 선호를 밀어냈다. 선호도 알고 있었다. 5분 뒤 수지가 그냥 깨어난다면 다시 수술하기란 힘들다는 사실을. 선호는 한숨이 터져 나오려는 걸 참으며 말했다.

“선배 알잖아요. 나 혼자선 무리라는 거.”

“아냐. 할 수 있어. 넌 언제나 나보다 실력이 뛰어났어.”

“선배!”

“시간 없어. 빨리 시작해.”

수혁은 주저앉은 모습 그대로 선호를 보며 현미경을 가리켰다.

“3분!”

효정이 다시 소리쳤다.

차단벽 근처에 서 있던 인파가 동시에 술렁였다. 무장한 군인 수십 명이 어딘가에서 달려와 늘어섰기 때문이었다. 지휘관으로 보이는 대령은 손목시계를 계속 확인하며 누군가와 통화 중이었다. 대형 스크린에는 아래층이 불길에 휩싸인 채 위태롭게 선 홍대푸른병원 건물이 떠 있었다. 병원은 어둠 속에서 유독 빛났다. 그 빛과 화염에 이끌려 감염자들이 더욱 몰려들었다.

"10분 후 진입한다."

대령이 전화를 끊은 뒤 군인들에게 말했다. 젊은 군인들 얼굴에도 긴장한 표정이 스치고 지나갔다.

그때 몰려 있는 사람들 머리 위로 헬리콥터가 지나갔다. 요란한 소리를 내며 밤하늘을 가로지르는 헬리콥터는 홍대푸른병원 옥상으로 향했다.

"너 여기서 살아 나가면 나한테 크게 한 턱 쏘는 거다. 알겠어?"

야차는 두식을 향해 외쳤다.

"네네!"

두식은 여전히 밸브를 누른 채로 대답했다. 땀을 뻘뻘 흘리고 있었다. 정작 목숨이 간당간당한 싸움을 벌이고 있는 건 야차 혼자였다. 야차는 밀대 하나로 몰려드는 감염자들을 상대하고 있었다. 밀어내면 또 다가오고, 밀어내면 또 다가왔다. 이제는 밀대를 들어 올리는 것만도 힘에 겨웠다.

"씨발."

숨을 헐떡이며 낮게 중얼거린 야차는 바로 앞까지 온 또 다른 감염자의 명치를 향해 밀대를 내질렀다. 이제는 잘 밀려나지도 않았다.

"수술 언제 끝나?"

야차가 두식에게 소리쳤다.

"아, 알아볼게요."

두식은 재호에게 전화했다. 받지 않았다. 야차가 잔뜩 찡그린 표정을 한 채 하염없이 핸드폰을 들고 서 있는 두식을 힐끔 봤다. 한숨이 저절로 나왔다. 하긴, 저 뚱뚱이가 손을 쓸 수 있다 해도 그리 도움이 될 것 같지는 않았다. 야차는 자기 자신에게 질문했다.

넌 왜 혼자 도망 안 갔냐?

모를 일이었다. 오늘 하루 내내 저지른 바보 같은 짓만 모아봐도 한 트럭은 될 것이다. 왜 그랬는지 따져봐야 할 것 같았는데, 그러자면 어쨌든 살아 나가야 했다.

"으아아!"

야차는 기합을 내지르며 감염자에게 밀대를 휘둘렀다.

같은 시간, 수술실에서는 선호의 사투가 이어지고 있었다. 그는 아까 봤던 종양 모체를 찾으려고 현미경을 계속 조종했다. 보이지 않았다. 집중하기 힘든 탓도 있었다. 수지는 금방이라도 깨어날 듯 버둥거리기 시작했고, 밖에서는 감염자들의 아우성이 쉴 새 없이 울려 퍼졌다. 게다가 수술실은 믿을 수 없을 정도로 더웠다. 조금 전까지는 안 그랬는데 폭발 이후 에어컨 자체가 고장 난 것 같았다. 땀이 흘러내려 선호의 눈을 파고들었다. 계속 감았다가 떴지만 나아지지 않았다. 그런 중에도 머릿속 생체 시계는 경고음을 울리고 있었다. 3분 남았어! 2분 남았어! 서둘러!

"모체가 안 보여요! 못 찾겠어요."

결국 선호는 비명처럼 그런 소리를 내질렀다. 그러자 벽에 기댄 채 실눈을 뜨고 있던 수혁이 말했다.

"뇌간 쪽을 살펴봐. 거기에 있어."

뇌간…… 뇌간…… 뇌간은 뇌와 척수를 연결하며…… 중뇌, 교뇌, 연수로 이루어져 있으며…… 약 8센티미터 정도의 크기로 뇌 가장 안쪽에 자리 잡고 있으며…….

"찾았다!"

현미경에 붉은색 종양이 모습을 드러냈다. 가장 작은 종양이었지만 저게 바로 모체였다. 지금껏 수혁이 제거해 낸 종양에 모체까지 없앤다면 수지는 치료할 수 있다. 치료가 가능하다. 인간이니까.

"잘했어. 그걸 단번에 제거해."

수혁이 희미한 목소리로 말했다. 선호는 현미경을 들여다보며 종양을 향해 레이저 메스를 가져다 댔다. 돌연 심장이 격렬하게 뛰었다. 그야말로 찰나의 순간이었지만…… 선호에게는 메스가 종양 뿌리에 닿기까지가 영원처럼 길게 느껴졌다. 잠깐 호흡을 가다듬었다. 그리고 말했다.

"제거하겠습니다."

선호는 모체가 되는 종양을 제거했다. 말끔하고, 깔끔하게. 윤형이 그 모든 순간을 카메라에 담고 있었다.

병원 사람 대부분이 나가떨어졌다. 어떻게든 버티고 선 건 서희뿐이었다. 그는 이제 한 손에는 밀대를, 남은 손에는 링거 봉을 들고 아무렇게나 휘두르고 있었다. 나머지 사람들은 지쳐서 주저앉거나 쓰러져 있었다. 서희도 쓰러지기 직전이었다. 감염자들은 조금씩 서희를 에워싸고 있었다. 봉이나 밀대에 맞아도 별다른 타격을 입지 않았다.
"안 돼. 제발 하지 마!"
서희는 거의 애원했다. 이성을 잃긴 했어도 이들 역시 인간이고 환자였다. 수지와 같은 처지. 이들이 다른 사람을 공격하게 두면 안 되는 일이었다. 말리고 싶었다. 다만 힘이 따라주지 않았다. 서희는 밀대를 떨어뜨렸다. 그러면서 휘청거렸고, 한쪽 무릎이, 의지와는 상관없이 꺾이고 말았다. 그대로 주저앉았다. 수술은 성공했을까? 다가오는 감염자들을 멍한 눈으로 보며 서희는 그 생각을 했다. 다른 생각도 줄을 이었다. 주로 기억이었다. 수지와 함께 보낸 순간순간이 아무렇게나 편집한 영상물처럼 불쑥 떠올랐다가 사라지기를 반복했다. 수지는 양파를 싫어했지. 사실은 나도 그래. 처음 학부모 모임에 갔을 땐 정말 떨렸어. 복도에서 창문 너머로 수지가 앉아 있는 걸 보니 괜스레 눈물이 났어. 수지 또래 애들이 무슨 노래를 좋아하는지 알고 싶어서 가끔 최신 곡을 들었지. 그렇게 아는 척하다가 수지에게 핀잔만 들었어. 너무 바빠서 거의 사흘 만에 수지를 봤을 때 왈칵 눈물이 나는 걸 참느라 괜히 잔소리만 늘어놓았지. 자고 있는 수지를 보면 안도하곤 해. 내 세계가 굳건하구나, 하고. 그럴 때 가만히 속삭였지. 사랑한다. 사랑한다, 수지야.

수지야…….

……사랑해.

서희는 눈을 감았다. 감염자들의 포효가 아주 멀리서 들리는 것만 같았다.

그때였다.

코를 톡 쏘는 듯한 자극적인 냄새가 날아들었다. 그야말로 악취였다. 서희는 놀라서 눈을 떴다. 그리고…… 눈앞에 펼쳐진 광경을 보고 더 놀랐다.

"뭐, 뭐야?"

감염자들이 비틀거리고 있었다. 힘없이 상체를 축 늘어뜨리다가 하나둘씩 무너져 내렸다. 마치 신체 어딘가의 구멍에서 바람을 뺀 듯 온몸이 흐물흐물하게 변해 고꾸라지고, 넘어지고, 주저앉고, 그대로 드러누웠다. 그러곤 다시 일어나지 않았다.

"이게 뭔 일이래요?"

놀라기는 다른 사람들도 마찬가지였다. 상황이 완전히 바뀌었다. 축 늘어져 있던 병원 사람들이 이제는 한두 명씩 일어났다. 서희는 이제는 모두 쓰러진 감염자들 뒤쪽에 우뚝 선 노인을 발견했다. 백발의 남자는 소독기처럼 생긴 기계를 왼쪽 어깨에 메고 마스크를 쓰고 있었다. 소독기 끝에서 웅, 하는 소리와 함께 흰색 기체가 쏟아져 나오고 있었다. 모르긴 몰라도 그게 감염자들을 잠재운 것 같았다. 서희는 남자에게 다가가며 물었다.

"어떻게 된 거죠?"

"아이소플루란!"

남자, 재호는 큰 소리로 외쳤다. 그러고는 한층 더 커진 목소리로 설명을 이어갔다.

"프로포폴이 정맥 주사로 마취하는 거라면 아이소플루

란은 흡입을 통해 마취하지! 즉, 이 기체는 공기와 반응해 대상을 잠재우는 거야. 용량만 잘 조절하면 각성 상태인 감염자들은 재우고, 비감염자는 멀쩡한 상태를 유지하게 만들 수 있단 말이야. 지금처럼. 물론 냄새가 좀 고약하긴 해. 하하하!"

모르는 단어가 연속으로 나왔지만 한 가지는 확실했고, 그것 때문에 서희는 기꺼이 재호를 향해 고개 숙였다.

"구해주셔서 감사해요."

"잠깐, 전화가 와서."

재호는 서희를 향해 손을 들어 보이더니 바로 핸드폰을 귀에 가져다 댔다. 전화를 건 사람은 너무나 다급한 듯 거의 비명처럼 소리 질렀다. 그 소리가 핸드폰 밖으로까지 다 퍼져 나갔다.

"수술 끝났어요?"

"위급한 상황인가?"

재호가 물었다.

"네! 이제 못 버텨……."

"그러면 내가 가지! 기계실로."

두식의 말을 자르며 재호는 그렇게 외친 뒤 돌아섰다.

서희는 멀어져 가는 재호의 뒷모습을 보다가 퍼뜩 정신을
차리고 수술실을 향해 달렸다.

　대령은 차단벽 앞에 선 군인들을 보며 그날의 다섯 번
째 통화를 했다. 이번에는 헬기 조종사였다. 홍대푸른병
원 옥상에서 민간인과 군인을 실어 오기로 한 조종사는
상병 둘만 탑승했다고 보고했다. 나머지는 전멸, 아니면
옥상으로 향할 수 없는 상황이라고 대령은 판단했다. 이
제는 정말 군 병력 투입을 결정해야 할 때였다. 안 그래도
사전에 지시받은 10분이 되기까지는 채 1분도 남지 않았
다. 그가 시계에서 눈을 뗀 찰나, 모여 있던 인파가 술렁
이기 시작했다. 사람들의 고개가 동시에 대형 스크린으로
향했다. 대령도 스크린을 올려다봤다.
　수술실이 나왔다. 조도가 낮아 어슴푸레했지만 안의 상
황을 알아보는 데는 문제가 없었다. 머리를 붕대로 둘둘
감은 소녀가 파리한 얼굴로 수술대에 앉아 있었다. 그렇
다. 소녀, 수지는 반쯤 일으킨 수술대에 가만히 앉아 있었
다. 그 소녀 앞으로 서희가 다가갔다.
　“수지야…….”

서희는 딸 이름을 불렀다. 수술 직후 막 깨어났고, 대량의 진통제를 투여 중인 상황이지만…… 수지는 희미하게 웃었다.

그 순간 왼쪽과 오른쪽 상관없이 차단벽 앞에 모인 사람들 모두 "오오!" 하는 탄성을 내질렀다. 눈물을 훔치는 사람도 있었다.

카메라 앞으로 선호가 다가왔다. 그 역시 몹시 지친 듯 보였지만 표정은 밝았다. 선호는 카메라를 똑바로 보며 말했다.

"수지의 수술은 성공했습니다. 홍대푸른병원의 김수혁 교수와 강남미래대학병원의 차선호 교수가 보증합니다! 수지는 처음부터 끝까지 인간이었고, 이 감염병은 수술 요법으로 치료할 수 있습니다!"

박수가 터졌다. 너도나도 안도의 한숨을 쉬었다. 환호성을 지르기도 했고, 옆 사람과 뜨거운 포옹을 나누기도 했다.

스크린에는 쓰러진 감염자들도 보였다.

"감염자에게만 통하는 마취제를 찾았습니다."

카메라를 든 윤형이 그렇게 말했다. 병원 사람들이 감

염자를 묶어서 안전하게 옮기는 모습도 그대로 담겼다.

그 모든 장면을 보고 있던 대령은 고개를 끄덕했다. 때마침 누군가로부터 전화가 왔다. 그 전화를 받기 전, 대령은 부관을 통해 그날의 마지막 명령을 하달했다.

"해산한다. 전원 원대 복귀하도록."

오후 9시 30분, 수혁은 눈을 떴다. 수술방이었다. 옆구리 쪽이 묵직했다. 돌이 든 것 같았고, 그 느낌이 마취제와 진통제의 효과라는 사실도 수혁은 잘 알고 있었다. 겨우 지혈만 한 채로 버티다가 수술대에 누운 건 수지의 머리를 완전히 닫고 회복실로 옮겼을 때였다. 집도는 선호의 몫이었다. 정남은 숟가락 들 힘도 없다며 진즉 나가떨어졌으니까.

"깼어요?"

선호의 목소리가 들리더니 이내 초췌한 얼굴이 수혁의 눈앞에 나타났다.

"날 살렸군."

수혁이 슬며시 웃으며 말했다.

"와! 선배가 농담을? 진짜 변했다. 그 정도로는 안 죽어요. 수술도 진짜 간단했는데 뭐."

선호는 싫지 않은 표정으로 그렇게 말했다.

"고생했어. 덕분에 다 잘 해결됐어."

수혁은 진심을 담아 말했다. 하지만 선호는 인상을 찌푸렸다. 비위가 상한다는 표정이었다.

"어휴. 닭살 돋아! 모르겠고, 선배 때문에 제 출셋길 완전히 막혀버렸으니까 책임져요."

"대신에 진짜 의사가 됐잖아."

수혁의 말을 들은 선호는 도저히 믿지 못하겠다는 얼굴을 한 채 그 자리에 얼어붙었다. 그러더니 혼자 중얼거리며 수술방을 나갔다.

"으아! 이런 말을 아무렇지도 않게 하다니…… 역시 변했어……."

다시 눈을 감은 수혁은 자기도 모르게 설핏 잠들었다. 꿈을 꾸진 않았지만…… 환청처럼 유나 목소리가 들렸다.

아빠 잘했어.

수혁은 미소 지었다. ■

사랑하는 아포칼립스.

나는 인류에게 닥친 대재앙을 모티프로 한 작품의 세계
관을 사랑한다.

아마도 그 이유는 그 대재앙 속에서 더욱 강렬하게 빛
나는 휴머니즘 때문일 것이다.

그 휴머니즘의 정체가 집단주의이건, 이기심이건 혹은
자기희생 같은 숭고한 것이건 인간만이 지닌 고유한 인간
성을 극단적 우화로 보여줄 수 있다는 것 때문에 '대재앙'

은 작품을 만드는 작가에게는 지나치기 힘든 매력적인 놀
이터이다.

《닥터 아포칼립스》는 그렇게 만들어지게 되었다.

이 작품에 나오는 인간 군상은 각자의 정의를 품고 움
직인다. 이 작품의 이야기를 만든다는 것은 그들의 움직
임을 따라가는 여정이었다.

이 여정을 평소 동경하던 장르 소설가인 전건우 작가와
의 협업으로 만들었다는 것도 나에게는 큰 의미가 있었
다. 전건우 작가의 자유로운 상상력과 내가 가진 작품에
대한 비전이 결합하여 손에 잡히는 결과물을 만들어 내는
과정이 즐거웠다. 앞으로 이 이야기가 또 어떤 방식으로
진화하고 발현되고 폭증할지는 알 수 없지만 전건우 작가
와 나는 이 이야기의 원형을 즐거운 마음으로 만들어 내
어 세상에 내놓는다.

연상호

"좀비가 등장하는데, 메디컬 드라마로 풀어보면 어떨까요?"

어떤 이야기는 단순하지만 기발한 하나의 아이디어에서 시작하기도 한다. 연상호 감독님이 내게 던진 바로 이 질문처럼.

우리는 자주 만나 어떤 이야기를 만들어낼지 여러 의견을 교환했다. 재미있는 시간이었다. 연상호 감독님은 영상 언어로, 그리고 나는 활자 언어로 이야기했지만 소통에는 전혀 문제가 없었다. 둘 다 재미를 우선으로 추구한다는 점에서 묘하게 닮은 지점이 존재했기 때문이었다.

아무리 좋은 소재라도 재미있게 살리지 못할 듯 보이는 것들은 바로 내려놓았다. 그러면서 경쟁이라도 하듯 갖가지 새로운 아이디어를 내밀었다. 그러다가 우리가 함께 "오!" 하고 반응한 것이 바로 좀비가 등장하는 메디컬 드라마였다. 핵심 설정이 생기니 뒤이어 여러 재미있는 의견이 잇따랐다. 바이러스에 감염된 좀비를 수술로 치료할 수 있다는 설정, 하지만 누군가는 그걸 방해하려 한다는 설정, 내 환자가 인간임을 증명해야 한다는 트라우마에 시달리는 의사가 주인공이라는 설정 등이 빠르게 생겨났다.

가히 협업의 가장 모범적인 사례였다.

그런 뒤에는 거짓말처럼 금세 소설을 쓰게 됐다. 풍부하고 구체적인 아이디어와 설정을 짜두면 이야기는 저절로 '발생'한다는 사실을 새삼 깨닫는 순간이었다.

나는 늘 말한다. 장르물, 특히 호러나 미스터리처럼 장르적 특성이 강한 이야기에서 가장 중요한 건 휴머니즘이라고. 인간에 대한 애정이나 관심이 없는 작품은 속 빈 강정이 되는 경우가 많다. 사이코패스 살인마가 등장한다고 해도 그가 왜 그런 짓을 벌이는지 독자 혹은 관객은 이해

할 수 있어야 하고, 이런 이해는 작가가 인간 심리를 잘 파악하고 그걸 정밀하게 그렸을 때 생겨난다. 장르적 쾌감 뒤편에 휴머니즘을 잘 섞어 인상적인 이야기를 가장 잘 만들어내는 사람이 연상호 감독님이다. 나도 그 지점을 중요하게 생각했기에 우리는 이견이 거의 없었다.

이 작품을 쓰면서 좀비라는 존재에 대해 다시 한번 생각해 보게 되었다. 나 역시 좀비가 등장하는 소설을 여러 편 썼는데, 나를 둘러싼 시스템의 붕괴를 가장 극적으로 보여주는 이 캐릭터는 늘 많은 서사를 몰고 다닌다. 인간은 튼튼하고 안전하다고 믿었던 시스템의 붕괴를 보며 공포감을 느낀다. 좀비가 바로 그런 존재다. 가족, 이웃, 나아가 어쩌면 나조차도 좀비로 변할 수 있다는 두려움은 긴장감 넘치는 이야기를 만들어낸다.《닥터 아포칼립스》에서는 그런 긴장감에 더해 '인간이란 무엇인가?' 내지는 '인간임을 규정하는 조건은 무엇인가'에 대한 질문을 던진다. 물론 그런 묵직한 질문조차 재미있고 극적인 이야기로 풀어내려고 애썼다. 가장 중요한 건 어디까지나 재미니까.

믿고 이끌어준 연상호 감독님께 감사함을 전한다. 이번

268

협업을 통해 정말로 많은 걸 배우게 됐다. 꼼꼼하게 편집해준 출판사에도 역시 감사의 마음을 전한다. 그리고 무엇보다 이 작품을 읽어줄 독자 여러분에게 감사하다고 말하고 싶다. 관객 수가 꼭 영화의 품질을 나타내는 게 아니듯 온라인 서점의 판매 지수가 소설의 재미나 완성도와 연결되는 것도 아니다. 그럼에도 신경 쓸 수밖에 없는 상황에서 독자 여러분이 보내주는 사랑과 성원은 늘 큰 위안이 된다. 그리고…… 다음 작품을 쓸 동력이 된다. 고마운 일이다.

2026년 초겨울
전건우

닥터 아포칼립스

1판 1쇄 발행 2026년 3월 11일

지은이 · 연상호 전건우
펴낸이 · 주연선

04035 서울특별시 마포구 양화로11길 54
전화 · 02)3143-0651~3 | 팩스 · 02)3143-0654
신고번호 · 제 1997—000168호(1997. 12. 12)
www.ehbook.co.kr
ehbook@ehbook.co.kr

ISBN 979-11-6737-624-4 (03810)

WOWPOINT PUBLISHING 와우포인트 퍼블리싱은 (주)은행나무출판사의
임프린트 브랜드입니다.